OETINGER
34

KINGS & FOOLS

VERGESSENES WISSEN

OETINGER
34

Alle Bände der Reihe »Kings & Fools«

Band 1: Verdammtes Königreich
Band 2: Verstörende Träume
Band 3: Verfluchte Gräber
Band 4: Vergessenes Wissen
Band 5: Vermisste Feinde
Band 6: Verbotene Mission

Edition Oetinger34

© Oetinger34, Hamburg 2016
Ein Imprint der Verlag Friedrich Oetinger GmbH
Alle Rechte vorbehalten
Text von Silas Matthes
Einband und Grafiken von Jacqueline Kauer
Satz: Dörlemann Satz, Lemförde
Druck und Bindung: CPI books GmbH, Leck, Germany
Printed 2016
ISBN 978-3-95882-072-2

Dieses Buchprojekt ist auf Oetinger34.de im Team entstanden.
Autoren: Silas Matthes, Natalie Matt, Pate: Bernhard Hennen

www.oetinger34.de

Erschaffe die Welt von »Kings & Fools«:

#kingsandfools
www.kingsandfools.de

Für meinen Bruder Lukas,
mit dem ich so viele Welten erschuf.

SAM

1

Lavis. Königshaus.

Die fordernde Hitze seines Körpers prallt gegen mich. Ich keuche auf. Meine Hände werden schlagartig kalt und schwitzig. Alles in mir schreit danach, zurückzuweichen.

Nur ganz kurz schließe ich die Augen, öffne sie dann schnell wieder. *Nicht den Kopf wegdrehen! Einfach aushalten.*

Mir kann nichts passieren, sage ich mir. Noch kann er nichts tun.

Er grinst. Die Zähne wirken spitz wie die eines Raubtiers. Eisenplättchen sind darauf angebracht, gleich winzigen Rüstungen. Sein Blick ist stechend. Er nimmt ihn nicht einen Moment von mir.

Es ist der Mann, der mein Gemahl werden soll.

»Ihr werdet Vigilis lieben, Madame«, sagt er mit tiefer Stimme. Er rollt das R. »Es ist ein kräftiges Land. Unsere Burgen sind prachtvoll und sicher zugleich. Die Tage sind rau und wild. Die Nächte weich und sanft. Ich werde sehr gut für Euch und für unsere Kinder sorgen.«

Ich sehe zu ihm hoch. Seine Haut ist grob, irgendwie körnig. Er überragt mich um mehr als einen Kopf. Vor ihm fühle ich mich klein und wehrlos. Ich zwinge mir ein zittriges Lächeln aufs Gesicht. *Lieber sterbe ich, als ein Kind von dir zu bekommen!* Mein Kleid schneidet mir an der Hüfte ins Fleisch. Über den weißen Stoff winden sich eingestickte rote Rankenmuster. Es zeigt viel Haut. Ich hasse dieses Kleid.

Der Herzog von Larkél, der zweitgrößten Stadt des Königreichs Vigilis, kommt noch einen Schritt näher, sodass seine Hüfte nur noch wenige Fingerbreit von meinem Bauch entfernt ist.

Er legt eine Hand an meine Taille. Ich erstarre. Gierig drücken sich die Finger in den Stoff, in meine Haut. Meine Kehle schnürt sich zu. Was tut er da? Er weiß, dass das gegen jedes Protokoll ist. Ihm muss doch klar sein, dass er … ja, was kann ihm überhaupt schon passieren?

Warum ist denn nicht wenigstens einer der Diener hier! Meine Kehle schnürt sich noch fester zusammen. Ich bekomme keine Luft, ich ersticke.

»Ihr seid ein schönes Mädchen, Madame«, sagt er. »Wisst Ihr das eigentlich?«

Tastende Finger bewegen sich an der Hinterseite meiner Hüfte entlang auf meinen Po zu. Er soll sie wegnehmen! Und nun drückt er seinen Körper gegen meinen. Ich kann die mächtige Erektion durch den Stoff spüren. Mir ist kotzübel.

Zitternd bewege ich meine Hand vorwärts, richte den Blick wieder nach oben in sein lüsternes Gesicht. Ich versuche krampfhaft, zu lächeln, und lege meine Hand auf seine Brust. Langsam lasse ich sie daran hinabfahren. Meine Finger kratzen über die feinen Eisenfäden, die mit dem grauschwarzen Stoff seines Gewandes verwoben sind.

Der Herzog zieht scharf die Luft ein, und auf seinem Gesicht zeigt sich nun ebenfalls ein Lächeln. Sein Körper entspannt sich, und damit lässt auch der Druck seiner Finger an meiner Taille etwas nach. Am Bauchnabel halte ich an. Weiter schaffe ich es nicht.

»Und Ihr seid ein schöner Mann.« Ich schiebe die Zungenspitze aus dem Mund. Am liebsten würde ich mit dem Kopf vorwärts schießen und ihm ins Gesicht spucken, aber stattdessen deute ich ein kurzes Lecken über meine Oberlippe an. »Euer erstes Kind wird ein Junge sein. Das spüre ich.«

Ruckartig mache ich ein paar Schritte nach hinten. Er blickt mich überrascht an. Mein Herz donnert.

»Ich hasse es, dass wir noch warten müssen.« Ich würge es mehr hervor, als dass ich spreche. Aber für den Mistkerl reicht es. Ich sehe noch, wie der lüsterne Ausdruck zurückkehrt, dann habe ich schon einen Knicks gemacht und mich umgedreht.

»Ich freue mich auch«, höre ich hinter mir. Und mir kommt es vor, als bohre sein Blick sich in meinen Rücken, nicht nur das, als grabe er sich unter mein Kleid.

Ich halte nicht an. Ich gehe schnell vorwärts. Die Absätze meiner Schuhe aus Schleierholz, die eigens aus der Weißen Handwerkskammer von Noctuán importiert wurden, schlagen bei jedem Schritt laut auf den grauen Marmorboden. Ich biege nach links ab, und unter ein paar tiefen Rundbögen hindurch gelange ich in den großen Korridor.

Ich rausche vorbei an einer Dienerin in ihrem olivgrünen Gewand, die einige zerknitterte Laken auf dem Arm trägt. Immer wieder wische ich mir hektisch die rechte Hand an meinem Kleid ab. Der eigentlich weiche Stoff fühlt sich an wie eine Eisenbürste.

Ich ignoriere auch die Wachen in ihren düsteren Plattenrüstungen. Sie stehen in regelmäßigen Abständen an beiden Seiten des Korridors vor den Wänden aus dunklem Stein, über die sich Flammenmuster ziehen wie Efeu über eine alte Mauer.

Normalerweise jagen sie mir keine Angst ein. Ein Wort von mir kann ihren Tod bedeuten. Aber heute machen sie mich unruhig. Als könnten sie eben doch ahnen, was ich vorhabe. So als würden sie es mir ansehen.

Ich erreiche die Gemächer der Königstöchter, wo ich und meine Halbschwestern untergebracht sind. Auch hier eile ich ohne ein Wort an dem Wachmann vorbei. Hat er sich kurz bewegt?

Nein, warum sollte er. Ich muss aufhören, mir Sachen einzubilden.

Nach noch mal einigen Dutzend Schritten, die mir so endlos vorkommen wie ein Tag am Hof, bin ich in meinen Privaträumen.

Dort stürme ich sofort durch das Schlafgemach zum Abort. Ich knie mich hin und beuge mich über die Öffnung. Aber obwohl die Übelkeit in meinem Magen kaum auszuhalten ist, muss ich nicht mal würgen.

Ich stemme mich hoch, stelle mich hastig vor den Wasserbottich. Er ist aus feinem, grauem Marmor gefertigt.

Ich wasche mir zuerst die rechte Hand. Ich reibe sie kräftig mit der Seife ab, die nach Vanille duftet. Der Geruch erfüllt schnell den ganzen Raum, und irgendwie wird mir dabei noch übler. Danach schütte ich mir das kühle Wasser ins Gesicht. Einmal. Zweimal. Dreimal. Mein Gesicht pocht.

Ich löse die Flechtfrisur, schüttele meinen Kopf und wuschele durch meine Haare, sodass sie mir ungebändigt vors Gesicht fallen. Wie eine Befreiung.

Trotzdem kann ich noch immer seine tastenden Finger hinten auf meiner Hüfte und den verlangenden Druck seines Gemächts gegen meinen Bauch spüren.

Ich schaue in den Spiegel. Ein goldener Rahmen umschließt ihn. Warum muss mein Vater sogar hier seinen Reichtum, seine Macht zur Schau stellen? Nur die Kammerzofen und ich betreten diese Gemächer.

Ohne das Puder sehe ich meiner Mutter sehr ähnlich. Beim Gedanken an sie zieht es schmerzhaft in meiner Brust. Sie denkt, sie habe noch die Gelegenheit, sich von mir zu verabschieden, bevor ich mit dem Herzog von Larkél nach Vigilis gehe.

Aber ich gehe heute.

Und Vigilis ist der letzte Ort, den ich als Ziel habe.

Ich streife die Schleierholzschuhe ab und tapse barfuß zurück ins Schlafgemach. Unter dem Himmelbett, das mit frischen weißen Laken bespannt ist, hole ich den Lederbeutel hervor.

Darin befindet sich das braune Arbeitergewand, das ich gleich brauchen werde. Außerdem ein schmaler Dolch, eine gefälschte Armplakette, Zeichnerkreide und ein winziger Flakon mit rot flackernder Symbolfarbe. Alles ist da. Ich bin vorbereitet.

Ich entkleide mich ganz. Mein Herz schlägt schnell. Es

kommt mir vor, als streife ich nicht die Kleider ab, sondern Haut, wie eine Schlange. Selbst die seidene Unterwäsche tausche ich gegen ein Höschen aus grobem Leinenstoff. Mein Blick fährt dabei durchs Zimmer. Die Wand aus schwarzem Marmor ist mit Stickteppichen behängt, auf denen die einzelnen Arbeitergruppen als kleine Figürchen dargestellt sind. Sie sehen glücklich aus. Am oberen Rand erstreckt sich der Spruch auf einer Banderole:

> Der Brennende König sorgt für all jene, die beitragen.

Früher im Bett, als ich kleiner war, habe ich mir oft vorgestellt, die Figuren würden aus dem Bild herausschlüpfen und im Zimmer umherlaufen, mit wildem, unruhigem Murmeln. Und irgendwann schlief ich ein, und sie waren auch in den Träumen. Dort haben sie mich um Essen angebettelt. Sie haben mich gebissen, weil sie so hungrig waren. Aber ich hatte nie Essen für sie. Ich habe keinen Zugang zu den Vorratskammern, habe ich ihnen immer wieder gesagt, doch sie hörten mir nicht zu. Sie bettelten und bissen immer weiter.

Ich wende meinen Blick von den Wandteppichen ab. Ich lasse den Raum Raum sein. Er ist nicht mehr lange wichtig.

Fertig umgezogen sinke ich aufs Bett. Mein Körper fühlt sich leicht und schwer gleichzeitig an. Das hier sind die letzten Momente, ich kann es kaum glauben. Ich kann kaum denken.

Auf dem kleinen, hölzernen Nachttisch gleich neben mir liegt ein Buch, das mir die Geschichte der Stadt Larkél näherbringen soll. Ich habe vier Seiten gelesen.

Und neben diesem Buch befindet sich der weiße Seidenschleier meiner Mutter. Ich habe ihn sorgfältig zu einem Quadrat zusammengefaltet. Er muss hierbleiben. Sie würde auch jedes Risiko vermeiden. Nichts würde sie mitnehmen, was sie irgendwie in Gefahr bringen könnte.

Ich balle die Hände fest zusammen. Ich hasse meinen Vater dafür, ich hasse dieses Monster. Nur seinetwegen passieren all diese schrecklichen Dinge.

Irgendwann bezahlst du dafür.

Meine Augen brennen, und ich versuche, das Zittern meiner Lippen zu unterdrücken. Ich muss gehen. Ich kann nicht anders. *Verzeih mir, Mama.* In Gedanken umarme ich sie, stelle mir einfach vor, dass sie es spürt und es doch als Abschied zählt.

Mit der Fingerspitze streiche ich über den weichen Stoff des Schleiers, fahre über die schimmernden Goldplättchen am Rand. Ich nehme ihn in beide Hände und halte ihn mir unter die Nase. Ich rieche ihren vertrauten Geruch. Sie würde ihn nicht mitnehmen. Aber ich bin nicht sie. Und ich habe vor nichts mehr Angst als davor, sie zu vergessen.

Ich schlucke nervös, greife nach dem Schleier und binde ihn mir direkt am Körper um die Hüfte, sodass er den Saum meiner Unterhose nachbildet. Niemand wird ihn entdecken. Es ist sicher, sage ich mir.

Dann wuchte ich mich nach hinten auf die Matratze. Ich werfe einen Blick auf das kleine, bläulich getönte Stundenglas am Kopfende des Himmelbetts. Ein halber Stundenstrich noch, dann geht es los.

Eine Weile sitze ich bloß da, klein und zusammengesunken auf dem weichen Federbett. Ich lausche meinem Atem. Ich höre meinem Herzen zu, wie es mit jedem fallenden Zeitkorn schneller wird.

Das hier ist die Nacht der Abholung. Wenn ich dem Plan folge, kann nichts schiefgehen. Wenn ich dem Plan folge, dann entkomme ich diesem Leben für immer.

2

Lavis. Dörfer der Minenarbeiter. Gold Drei.

Das Symbol an der Hüttentür sticht mir ins Auge wie die Leuchtfeuer der Königsburg, wenn sie die ersten Flammen schlagen. Die kleine, zusammengesunkene Gestalt, die davor auf der Türschwelle sitzt, tut mir leid. Sie wird gerade Abschied genommen haben.

Ich will mich endlich aus dem Schatten lösen und sie vom Warten befreien, weil ich schon immer die Momente, bevor etwas passiert, viel schlimmer fand als die Ereignisse selbst. Aber noch wissen wir nicht, ob die Luft rein ist. Wir müssen abwarten. Leise sein.

Liv dreht den Kopf nach rechts, dann wieder zu mir.

»Ich glaube, ich habe etwas gehört«, flüstert sie.

Ich lausche.

Aber ich kann kein Geräusch ausmachen außer dem rhythmischen Klappern einer Dachlatte im Wind zwei Hütten weiter, nicht mal ein Schluchzen von dem Mädchen auf der Türschwelle ist zu hören.

»Bist du dir sicher?«, frage ich leise.

»Ich weiß nicht.«

»Vielleicht war es Nikolai.«

Nikolai wird die Nichtzirklerin Johanna vor die Türschwelle setzen, nachdem Liv und ich das neue Mädchen geholt haben. Er betritt das Dorf eigentlich erst, wenn wir schon wieder draußen sind und ihm das Zeichen gegeben haben, dass alles bis dahin geklappt hat. Doch vielleicht waren wir zu langsam. Er könnte ungeduldig geworden sein.

Liv und ich lauschen wieder in die Düsternis.

Nichts Verdächtiges.

Oben am Himmel ziehen die Wolken so schnell vorbei, als würden sie vor etwas fliehen. Sie bilden ein unstetes Muster, das den Sichelmond und die Sterne durchscheinen lässt.

Wir warten noch eine ganze Weile im Schatten einer der Minenarbeiterhütten, pressen uns gegen das herbe Holz, das schon völlig verwittert ist.

Unwillkürlich muss ich an Noel denken. Er ist bei einem Austausch in den östlichen Holzfällerdörfern. Obwohl Jon diese geheimen Einzelsitzungen mit ihm abhält, vertraut er Noel anscheinend nicht genug, um ihn in seine Heimat zu lassen. Natürlich nicht.

Wahrscheinlich würde Noel mir da widersprechen. Er würde rechtfertigen, was Jon tut. Und dabei wäre in seinen Augen dieses Feuer, das ich unheimlich und gleichzeitig aufregend finde.

Na ja, dafür müssten wir aber erst mal miteinander sprechen.

Ich streiche mir flüchtig eine Haarsträhne aus dem Gesicht. Soll mir egal sein. Soll er reden und nicht reden, mit wem er will.

Der Weg, den wir beobachten, bleibt leer. Die abgedunkelten Hütten sehen aus wie große, schlafende Kreaturen, still atmen sie in die Nacht.

Es wird höchste Zeit. Wenn wir noch länger warten, gehen wir das Risiko ein, dass die echten verhüllten Männer eintreffen.

»Los«, zischt Liv, und genau, als sie aus dem Schatten ins bleiche Mondlicht tritt, sehe ich sie. Es durchfährt mich wie ein mächtiger Trommelschlag. Ich stürze vorwärts, packe Liv am Oberarm und reiße sie zurück in die Deckung der Hüttenwand.

»Was ...«, beginnt sie, verstummt dann aber, denn auch sie sieht es nun: Über den Weg, der rechts und links von den schiefen Holzhütten gesäumt wird, schreiten zwei Gestalten in schwarzen Umhängen auf das Mädchen vor dem Symbol zu.

Die verhüllten Männer.

Das kann nicht sein! Mein Herz wummert, alles in mir versteift sich. Sie sind viel zu früh.

Erst bei einer einzigen Austauschmission, bei der ich mitgemacht habe, mussten wir wieder abhauen, weil die verhüllten Männer schon dort waren. Es war bei den Eisenwerkern. Wir hatten verdächtige Geräusche auf der anderen Seite der Mauer gehört und uns deswegen zu lange nicht getraut, die Wurfleiter zu benutzen, um hinüberzusteigen.

Aber so lange wie damals haben wir diesmal nicht gezögert. Kein Stück. Sie dürften noch nicht hier sein.

Atemlos beobachte ich die Männer, die zügig den Weg entlangkommen. Ihre Kutten flattern im Wind wie schwarze Banner. Vor dem Mädchen bleiben sie stehen, und ich sehe, wie es kurz zusammenzuckt.

Wahrscheinlich bin ich die Einzige, die sich in der Nacht der Abholung nicht vor den Männern gefürchtet hat, sondern bloß davor, aufzufliegen.

Ich werfe einen schnellen Blick zu Liv, sie hat den Kopf ein bisschen zur Seite gedreht, als wolle sie nicht hinsehen. Sie weiß genau wie ich, dass Jon uns vorwerfen wird, versagt zu haben. Er wird es nicht vergessen.

Der rechte Verhüllte tritt vor und streckt die Hand ein kleines Stück nach dem Mädchen aus, fast genauso, wie wir es sonst machen. Das Mädchen starrt zu ihm nach oben, drückt sich zittrig von der Schwelle hoch.

Und plötzlich greift kaltes Entsetzen nach mir, denn was ich sehe, kann einfach nicht richtig sein.

Die hintere Gestalt hat einen Dolch unter ihrem Gewand hervorgezogen. Die Klinge besitzt die Form des Mondes am Himmel, kurz flackert sie auf wie eine Flamme aus Eis, dann rammt der Mann den Dolch in den Rücken des anderen Verhüllten.

Seine linke Hand legt sich um den Mund seines Vordermanns und erstickt den Schrei. Schlaff fällt der Körper zu Boden. Was?!

Liv und ich sehen einander an, ihre Augen sind schreckgeweitet.

Und bevor wir reagieren können, ist der verhüllte Mann noch mal vorwärtsgetreten, zu dem Mädchen, das fassungslos zurückweicht, verzweifelt hinter sich nach dem Türgriff greift, rüttelt. Schon stößt er wieder zu, er zögert nicht einen Moment. Die Klinge gräbt sich in die Brust des Mädchens, so mühelos wie in eine Strohpuppe.

Ich kann selbst von hier aus den seltsam überraschten Ausdruck auf ihrem Gesicht sehen, die Lippen zu einem kleinen Kreis geformt. Mehr als ein ersticktes »Oh« bringt sie nicht hervor.

Als der verhüllte Mann den Dolch aus ihrem Körper zieht, macht sie noch einen unsicheren Schritt, bevor sie auf der Schwelle zusammenbricht. Der Verhüllte dreht sich ruckartig um und läuft weg in die Richtung, aus der sie eben erst gekommen sind.

Nur einen Augenblick noch bin ich erstarrt, will ich nicht glauben, was ich gerade gesehen habe, dann renne ich los. Liv ist gleich neben mir. Obwohl wir schon lange gemeinsam im Zirkel sind, kennen wir uns kaum. Doch in diesem Moment müssen wir nicht ein Wort wechseln, um uns abzustimmen.

Liv rennt auf das Mädchen zu, das regungslos am Boden liegt. Ich drehe nach links ab, dem Mörder hinterher.

Als schwarzer Umriss läuft er vor mir auf dem düsteren Schotterweg. Er ist groß, er macht lange Schritte. Ich bin schneller. Hole auf. Die verhangenen Fenster jagen nur so an mir vorbei, ich höre meinen Atem schneller werden, sich mit dem Knirschen des Schotters vermischen.

Da ist schon der Rand des Dorfes, die Hütten stehen nun weniger dicht zusammen. Hinter den letzten Gebäuden erkenne ich zwei Pferde.

Erst jetzt dreht der Mörder den Kopf nach hinten und sieht in meine Richtung. *Ganz richtig, ich hab dich gleich!*

Hastig bindet er die beiden Rappen von dem dürren Baumstamm los. Er schwingt sich auf den kleineren und gibt dem anderen einen Tritt. Das Pferd wiehert auf, rennt aber nicht los. Der verhüllte Mann versucht es nicht noch mal, er gibt seinem Pferd die Sporen, was irgendwie ungeschickt bei ihm aussieht.

Sein Rappe prescht los, aber nur wenige Augenblicke später bin ich bei dem anderen.

Ich greife nach den Zügeln, dem Sattel, und halb springe, halb ziehe ich mich hoch. Ich kann gut reiten, ich habe es in zahllosen Stunden am Königshof gelernt.

Das Tier ist nervös, es trippelt nach links, nach rechts. Mit einer entschiedenen Bewegung führe ich die Zügel herum. Ich gebe ihm eine Richtung. Dem Mörder nach. Ich grabe meine Hacken in die Flanken des Pferdes, und es jagt los.

Der verhüllte Mann hält aufs Gebirge zu, gleich hinter dem Dorfrand beginnen die ersten Ausläufer. Dort wird es noch steiniger, und große Felsen versperren die Sicht. Die Hufe meines Pferdes schlagen laut und kräftig auf den harten Untergrund. Der Wind zerrt meine Haare nach hinten, er lässt meine Augen tränen. Aber ich behalte den Verhüllten genau im Blick. Er ist wirklich kein geübter Reiter, ich werde ihn gleich haben.

Da plötzlich schlägt er nach links ein und verschwindet hinter einem riesigen, rundlichen Felsblock.

Hinterher. Schnell. Ich brauche nur wenige Momente, schon presche ich um die Ecke, doch ich bin zu spät. Sein Rappe steht mitten auf dem Weg, er hat den Kopf gesenkt, und die Flanken beben. Der Verhüllte ist nirgends zu sehen.

Ich ziehe kräftig die Zügel an, springe aus dem Sattel. Besänftigend lege ich meinem Pferd die Hand auf die Nüstern.

Es schnaubt einmal nervös, dann ist es ruhig. Schweigt mit der Nacht.

Ich mache vorsichtig einige Schritte auf dem steinigen Pfad. Meine Hand liegt am Griff des Kurzschwerts, das ich unter meinem Umhang am Gürtelsaum trage.

Die Umgebung ist unübersichtlich. Felsen, einige klein wie zusammengekauerte Kinder, andere groß wie Minenarbeiterhütten, wechseln sich ohne System ab, bilden einen Irrgarten. Zwischen diesen Steinen ist der Wind verschwunden, alles scheint hier wie erstarrt. Immerhin dringt ein bisschen Licht vom Mond und von den Sternen durch die Wolken, sonst würde ich mich durch völlige Dunkelheit tasten.

Aber nicht nur ich kann besser sehen, denke ich plötzlich mit einem Schaudern, *man kann auch* mich *besser erkennen.*

Ich schleiche vorwärts, leicht geduckt. Mein Blick fährt von rechts nach links und wieder zurück, will jede Ecke, jeden Schatten auf einmal durchdringen. Doch es gibt hier so viele davon, dass wir selbst mit dem kompletten Zirkel die Lage nicht überblicken könnten. Die Härchen an meinen Armen stellen sich auf. Und dann kommt der allerletzte Gedanke, den ich nun brauchen kann.

Ich wünschte, Noel wäre hier.

Nicht, weil ich mich fürchte. Nicht, weil ich es mir nicht zutraue. Ich wünschte einfach, er wäre gerade hier, so wie er es auf dem Friedhof war.

Vor mir zwei Felsblöcke, die einen schmalen Durchgang bilden. Nicht zögern, durch! Kennt der Mörder diese Gegend? Hat er womöglich einen Weg genommen, den ich nicht finden werde? *Oder wartet er gleich hinter dem nächsten Felsen auf mich?*

Ich kneife die Augen zusammen. Da ist etwas auf dem Boden.

Vorsichtig schleiche ich mich näher, jede Faser meines Körpers gespannt. Etwas stimmt nicht, ich bin mir ganz sicher. Doch dann stehe ich direkt davor, und es ist einfach nur ein ungewöhnlich geformter Stein. Ich sehe schon Gespenster. Es ist ...

Ein Schatten stürzt von der Seite auf mich zu. Eine Klinge reckt sich in die Luft.

Ich reagiere, ohne nachzudenken. Drehe blitzschnell den Oberkörper zur Seite und ziehe mein Kurzschwert. Der Dolch des Mörders saust an meiner Schulter vorbei, so dicht, dass ich den Luftstoß im Gesicht spüre.

In einer fließenden Bewegung hebele ich mit meinem Fuß seinen Unterschenkel nach oben. Sein Körper hebelt hinterher, und er schlägt mit dem Rücken auf den Boden. Sofort bin ich über ihm. Ich drehe ihm das rechte Handgelenk um, sodass er den Dolch fallen lassen muss. Seltsam, wie mühelos das geht.

Er hebt den anderen Arm, will mich wegdrücken, aber ohne wirkliche Kraft. Ich ramme ihm mein Knie in den Magen. Er keucht auf, ein eigenartiges Keuchen, kehlig und abgehackt wie von einem Tier. Ich reiße dem Mörder die Kapuze vom Kopf.

Und plötzlich habe ich das Gefühl, zu ersticken, es packt mich wie ein gnadenloser Würgegriff. Ich lasse das Schwert auf den Boden fallen. Es klirrt. Mir schwindelt.

Der Mörder hat einen kahlen Kopf. Die Augen wirken in der Finsternis wie weiße, tote Flecken. Das ledrige Gesicht ist schmerzverzerrt. Er würgt trocken, reißt den Mund auf, um nach Luft zu schnappen. Ich starre auf ein dunkles Loch. Ein hohler Raum ohne Inhalt. Der Mörder hat keine Zunge.

Ich kenne ihn. Ich bin ihm ein-, zweimal über den Weg gelaufen in dem Leben, das ich doch für immer hinter mir lassen wollte, als ich mich in das Dorf der Fischer schlich. Dieses Leben, das mich eingeholt hat, als Estelle, als Noel die Wahrheit herausfand – es ist schon wieder hier.

Unter mir windet sich ein Wissenschaftler des Brennenden Königs. Wieder und wieder stößt er das tiefe, kehlige Keuchen hervor.

Ich kenne ihn.

Möglicherweise kennt er mich auch.

3

Favilla. Schlafzelle Sam.

Ich habe wieder von der pockennarbigen Wache geträumt.
 Der leere Blick, mit dem er mir ins Gesicht schaute. Sein geöffneter Mund. Das schmatzende Geräusch, als mein Dolch in seinen Hals drang.
 Mörderin, geistert es mir durch den Kopf, während ich mich in der Dunkelheit von meinem Lager aufrichte. Mein Gaumen und meine Zunge sind ganz trocken, und ich habe einen komischen Geschmack im Mund. Ich taste nach dem ledernen Trinkschlauch und quetsche die letzten Wassertropfen heraus.
 Die pockennarbige Wache war langsam und träge, müde. Er hätte mich nicht mal bemerkt, ich hätte ihn nicht umbringen müssen. *Aber ich wollte es.* Ich wollte Rache nehmen für Liam, den Koch. Der Dolch sollte sich in seine Kehle bohren.
 Wäre es auch Mord gewesen, wenn ich den Wissenschaftler gestern Nacht getötet hätte? Oder bloß »Selbstschutz«?
 Das kommt wahrscheinlich darauf an, wer darüber urteilt. Der Herold hat die Gesetze des Landes einfach immer so ausgelegt, wie es meinem Vater dienlich war. Aber für mich sollte es andere Regeln geben. *Mörderin.*

Und auch hier in Favilla gibt es andere Regeln, eigene Gesetze. Ich will mir nicht ausmalen, was passiert, wenn Jon herausfindet, wer ich wirklich bin. Der Stein unter meinen Schenkeln ist kühl. Früher hat Alexis auf diesem Lager geschlafen.

Liv und ich haben die beiden Leichen von der Türschwelle weggeschafft und auf unsere Pferde gewuchtet, die wir vorher ins Dorf geholt hatten. Der verhüllte Mann war schwer, wir haben ihn kaum hochbekommen. Ich konnte dabei gar nicht anders, als einen kurzen Blick auf sein Gesicht zu werfen. Es kam mir nicht bekannt vor – war aber auch unwahrscheinlich, die Sklavenhändler halten sich in den westlichen Bereichen der Königsburg auf, Prinzen und Prinzessinnen bleiben eher im östlichen Bereich.

Nikolai wartete jenseits der Dorfgrenze mit dem Wissenschaftler und Johanna, die ja eigentlich hatte ausgetauscht werden sollen. Doch Nikolai hielt es für sicherer, sie nicht mehr vor die Schwelle zu setzen.

Sobald wir den Wald erreicht hatten, versteckten wir die beiden Toten in einem dichten Gebüsch. Nikolais Anweisung. Trotzdem kam es mir falsch vor, sie einfach so dort hinzuschleifen. Das Geraschel der trockenen Blätter, als wir sie tiefer in das Gestrüpp drückten. Das kurze Kratzen der Armplakette über einen Stein. Irgendwie war es plötzlich, als hätten *wir* sie umgebracht.

Wir prägten uns die Stelle ein, um sie Garred – dem neuen Totengräber – später möglichst genau beschreiben zu können. Er soll sie in der nächsten Nacht holen, sagte Nikolai.

Dann machten wir uns eilig auf den Heimweg. Nikolai führte den gefesselten Wissenschaftler, der keine Anstalten mehr machte, sich zu wehren, auf dessen Pferd mit sich. Liv und ich ritten hinterher. In etwa zehn Schritten Entfernung folgte schließlich Johanna.

Ich erhaschte nur einen flüchtigen Blick auf ihr blasses Gesicht unter der Kapuze. Es war ganz woanders. So, als gäbe es nichts um sie herum.

Ich weiß nicht, wo Johanna jetzt ist, aber ich bin mir sicher, sie wird heute nicht zum Unterricht erscheinen. Das wird Jon nicht riskieren.

Langsam drehe ich mich aus meinem Bett. Estelles Lager auf der anderen Seite der Zelle ist leer, wahrscheinlich ist sie schon beim Frühstück. Ich verlasse nun auch die Zelle und mache mich auf den Weg in den Essenssaal. Der Rauch der Fackeln brennt in meinen Augen, ich muss oft blinzeln. Wenn man draußen war, muss man sich jedes Mal wieder neu an diese engen Wände, den Rauch, die stickige Luft, all das hier gewöhnen.

Manchmal stelle ich mir vor, ich laufe durch das Innere eines gewaltigen Monstrums. Es lebt, atmet. Von Zeit zu Zeit spuckt es uns dann aus, nur um uns kurz darauf wieder zu verschlingen. Und doch ist dieser Ort für mich sicherer als jeder andere in Lavis. Glaube ich.

Im Essenssaal setze ich mich neben Liv, sie blickt kurz zu mir auf. Ihre Augen sehen klein und müde aus. Ich schätze, Emma wird uns am Nachmittag in Liga Eins unauffällig entlassen, sodass wir Schlaf nachholen können.

Plötzlich flackert das Bild des Mannes ohne Zunge vor meinen Augen auf, wie er keuchend nach Luft geschnappt hat. Es muss ihm irgendwie gelungen sein, sich unter die verhüllten

Männer zu schmuggeln. Aber wohin genau wollte er fliehen? In die Berge? Die beiden großen Pässe sind mit Wachtürmen befestigt. Er wäre doch gar nicht weit gekommen. Oder?

Jon hat uns verboten, mit jemandem über den Wissenschaftler zu sprechen. Weder mit Zirklern noch mit Lehrenden. In seinem Blick lag Besorgnis, vielleicht auch so etwas wie Misstrauen. Dabei bin ich die Letzte, die es irgendjemandem erzählen würde.

Ich glaube nicht, dass er mich erkannt hat. Es war dunkel, wir haben gekämpft, er kann mein Gesicht gar nicht zugeordnet haben. Doch wie sieht das aus, falls er mir hier in Favilla noch einmal gegenübersteht?

Unsinn. Ich beiße in den Höhlenkäfer. Ich kaue energisch. Es ist bald zwei Jahresumläufe her, dass ich geflohen bin. Und wie ich meinen Vater einschätze, wird er versucht haben, es zu vertuschen. Wahrscheinlich denkt der Wissenschaftler, ich sitze im Königreich Vigilis beim Herzog von Larkél und alles ist in bester Ordnung. Er wird nicht einen einzigen Gedanken an mich verschwendet haben unten in den Forschungskellern, er wird mit zittrigen Fingern über seinen Tinkturen oder Karten gesessen haben, nur darauf bedacht, keine Fehler zu machen, um nicht noch mehr als die Zunge zu verlieren. Ich war nur eine von vielen Prinzessinnen, er war nur einer von vielen Wissenschaftlern. Das Risiko, dass mir Gefahr droht, ist zu winzig, um sich darüber den Kopf zu zerbrechen. Ich schlucke mühsam. Der Höhlenkäfer schmeckt verdorben.

Zwei Tische weiter höre ich Noels tiefes Lachen. Es wirbelt sofort alles in mir auf, und ich kann nicht anders, als hinüberzuschauen.

Noel sitzt neben Melvin, der ein Höhlenkäferbein in der Hand hält und damit herumfuchtelt. Wieder erklingt Noels Lachen, diesmal sieht er dabei in meine Richtung. Unsere Blicke treffen sich, er schließt den Mund. Seine Miene wird ernst. Eine Weile bleiben wir beide so. Und als ich merke, dass der Wirbel in mir kein bisschen nachlässt, im Gegenteil, dass sogar der Höhlenkäfer in meiner Hand zu zittern beginnt, bin ich es schließlich, die zuerst wegsieht.

Die Neuen betreten die Große Halle, und es geht ein Raunen durch die beiden Schülerreihen, die einander vor den mächtigen Stützsäulen gegenüberstehen. Vereinzelt ist sogar Getuschel zu hören.

Das energische »Ruhe!« von Emma, die sich vorn auf dem Podest hingestellt hat, lässt alle verstummen. Aber die Stimmung bleibt spürbar aufgekratzt, noch viel mehr als sonst, wenn die Neuen kommen. Und sogar ich schaue verwundert zu dem Grüppchen, das dort wartet. Wir hatten in der letzten Nacht drei Austauschtrupps, und nur zwei davon waren erfolgreich. Aber das Grüppchen zählt trotzdem drei Leute.

Rechts steht ein hochgewachsener Junge mit buschigen Augenbrauen und dunklem Bartflaum. Er lässt seinen Blick schnell, beinahe panisch, über die Gesichter von uns Schülern fahren. Er hat einen Fuß nach vorn gesetzt, so, als wolle er jeden Moment fliehen.

Neben ihm steht ein kleines, stämmiges Mädchen mit hellbraunen Haaren, die ihr halb übers Gesicht fallen. Sie starrt angestrengt auf die Feuerabbildung am Boden.

Und ganz links reckt ein zweites Mädchen das Kinn in die

Höhe, fast wie die Phönixfiguren am Eingang, und blickt direkt Emma an. Es ist kein Wunder, dass die anderen Schüler aufgekratzt sind. Die meisten von ihnen wissen nicht mal, was genau sich außerhalb der Grenzen von Lavis befindet. Und selbst die meisten Zirkelmitglieder haben wahrscheinlich noch nie jemandem aus dem Königreich Akila gegenübergestanden.

Die Haut des Mädchens ist von einem kräftigen, dunklen Braun. Ihre schwarzen Haare laufen in einem seltsamen Muster nach hinten zu einem Zopf zusammen, ich kann es von hier aus nicht genau erkennen.

Ich schaue sie verwundert an, obwohl ich ja schon am Königshaus die Diplomaten und sogar einige Edelmänner aus Akila kennengelernt habe. Sie hatten die gleiche Hautfarbe. Sie reckten das Kinn ähnlich nach vorn wie das Mädchen am Fuß der Großen Halle. Aber seit ich hier bin, hat es noch nie Schüler oder Schülerinnen in Favilla gegeben, die nicht aus Lavis stammten.

Emma scheint kein bisschen verwundert. »Ihr beiden«, sie zeigt auf die zwei Neulinge, die aus Lavis kommen, »ihr beweist uns, was ihr könnt. Nehmt euch zwei Schwerter.«

Es sind die immer gleichen Rituale hier in Favilla. Ich kann viele davon nicht nachvollziehen. Warum wir bei unserem ersten Kampf keine Schutzkleidung tragen. Warum die Nichtzirkler und selbst wir als Zirkelschüler in dieser ständigen Unsicherheit leben, ob wir nicht längst gegen bestimmte Regeln verstoßen haben. Warum man in den Zirkel aufgenommen wird, indem man den Befehl verweigert, Benjamin zu töten, und dann später allen Befehlen von Jonathan einfach so Folge leisten soll.

Als mich die falschen verhüllten Männer damals abholten und hierherbrachten, war ich völlig verwirrt. Ich war schließlich fest davon ausgegangen, als Sklavin nach Akila zu kommen. So hatte ich es selbst eingetragen in die Abholungsliste, als ich nachts am Königshof in die Verwaltungsräume eingebrochen war.

Doch zum Glück wurde ich schnell in den Zirkel aufgenommen, und bald wurde mir eines klar: Trotz all dieser Dinge, die ich nicht verstehe, ist Favilla die einzige Kraft, die gegen meinen Vater arbeitet.

Wenn Favilla keinen Erfolg hat, dann werden er und seine Nachfolger, meine Halbbrüder, sich weiter Frauen gegen deren Willen nehmen. Sie werden weiter Menschen unterdrücken, verhungern lassen, foltern. Ich habe die Schreie gehört, so endlos verzweifelt, dass sie einen wochenlang verfolgten. Ich habe das Angstgesicht meiner Mutter gesehen und die Narben des Ungehorsams, die sie mit Puder zu verdecken suchte.

Ich misstraue Favilla, ja. Ich misstraue sogar Jonathan. Aber ich traue ihrer Feindschaft gegen den Brennenden König. Und so muss ich eben auch diese Rituale irgendwie akzeptieren.

Die beiden Neuen kämpfen ungeschickt. Sie sind vorsichtig, ängstlich. Immerhin besteht so weniger Gefahr, dass sie sich gleich beim ersten Kampf ernsthafte Verletzungen zufügen. Schließlich gelingt es dem Jungen, das Mädchen zu entwaffnen. Er hat nicht unbedingt besser gekämpft, aber seine langen Arme haben die größere Reichweite, und das wird bei zwei Anfängern schnell zum entscheidenden Vorteil.

Ich habe den Kampf, genau wie die meisten, nur halbherzig

verfolgt. Wir warten auf das Mädchen aus Akila. Wie ist sie hierhergekommen? Was hat das zu bedeuten?

»Gut. Danke«, sagt Emma und macht eine Geste in Richtung des Stundenglases am Ausgang der Halle. »Die Zeit ist schon recht weit vorangeschritten. Wir gehen direkt zu den Grundübungen über.«

Die Schüler finden sich zu Pärchen zusammen, Melvin wartet schon auf mich. Die Neue verschwindet irgendwo in der Masse, und jetzt bin ich sogar tatsächlich ein bisschen enttäuscht. Ich hätte sie gern kämpfen sehen. Na gut, werde ich mich halt gedulden müssen.

Zielstrebig gehe ich zu Melvin rüber. Ich weiß nicht, ob er sich mit Absicht in eine ganz andere Ecke der Halle gestellt hat als Noel, aber ich bin so oder so froh darüber.

»Na, Schwertkünstlerin«, sagt Melvin und wechselt seine Waffe von der Rechten in die Linke und wieder zurück. »Habe ich die Ehre, die ersten Angriffe zu führen?«

Ich sehe ihn nur kurz an, nicke. Melvin beginnt mit offensiven Grundschlägen. Ich pariere. Es sind Bewegungen, die ich blind führen könnte. Wie die Tanzschritte, die ich am Hof üben musste. Nur kann ich das hier besser.

Melvins Technik hat etwas Spielerisches, als nähme er das Ganze gar nicht ernst. Aber der Eindruck täuscht gewaltig. Jeder Schlag ist geplant, man muss ständig aufmerksam sein, und eigentlich macht mir der Kampf mit ihm viel Spaß. Er hat mehr Energie als die meisten.

Doch heute bin ich träge.

»Was ist mit dir los?« Melvin erhöht das Tempo, lässt dann mich zum Angriff übergehen. »Du schlägst ja zu wie ein Mädchen.« Er grinst, ich mache einfach weiter. Ich mag Melvin. Aber zum Lachen ist mir beim besten Willen nicht.

Wir kämpfen eine ganze Weile stumm, die Blicke starr auf unsere wirbelnden Schwerter gerichtet, bevor Melvin wieder spricht. »Noel geht es nicht gut.« Er ist diesmal völlig ernst, beide halten wir kurz inne, so, als hätte uns etwas aufgeschreckt.

Dann schlage ich weiter. Ich schlage kräftiger.

»Ich weiß nicht, was vor ein paar Wochen zwischen euch in der Zelle passiert ist.« Melvin greift jetzt ebenfalls an, seine Hiebe variieren, und er baut kleine Finten ein. Das sind schon längst keine Grundübungen mehr.

»Ich muss es auch gar nicht wissen.« Er lässt mich ins Leere laufen und versetzt mir einen Stoß mit dem Ellenbogen, der von meinem Gambeson abgefangen wird. »Aber ich hoffe, ihr klärt das.«

Wir lösen uns voneinander. Ich keuche, wische mir einen Schweißtropfen von der Stirn. Bin auf seltsame Art erleichtert. Noel hat anscheinend nichts erzählt. Jedenfalls Melvin nicht.

»Klärt ihr das?«, fragt er und schaut mir dabei direkt in die Augen. »Habt ihr drüber gesprochen?«

Ich greife von oben an. Kurze, schnelle Hiebe, die auf seinen Schädel zielen, prasseln auf Melvin hinunter.

»Nein, er geht mir aus dem Weg«, presse ich hervor, ziehe mein Schwert plötzlich ruckartig zurück, führe es dann von unten an meiner Hüfte entlang und stoße mit der Spitze voran unter Melvins Deckung hindurch. Die stumpfe Spitze stoppt genau vor seiner Brust ab. »Tot«, sage ich.

Melvin beachtet die Klinge nicht. Er hat das Schwert ganz sinken lassen. »Ihr habt seitdem nicht miteinander geredet?

Okay, ich weiß ja, dass du nicht so die Wortakrobatin bist. Und noch mal: Es ist eigentlich nicht meine Sache. Aber das kann doch nicht euer Ernst sein. Außerdem nervt Noel mich, so, wie er drauf ist.«

Ich öffne den Mund, aber in dem Moment taucht Emma plötzlich zwischen den farblosen Gewändern vor uns auf.

»Das ist hier keine Plauderstunde!«, fährt sie uns mit gesenkter Stimme an, das Gesicht gespannt wie im Kampf. »Sollen die denken, hier kann jeder machen, was er will? Zeigt Disziplin.« Sie schnaubt. »Oder ist irgendetwas los?«

»Nein, ist gut«, sagt Melvin eilig und hebt sein Schwert. »Wir machen ordentlich jetzt.«

Als Emma uns den Rücken zuwendet, verdreht er einmal kurz die Augen, aber wir kämpfen nun konzentriert und schweigend.

Mir gelingt es die ganze Einheit nicht mehr, seine Deckung zu durchbrechen.

Nach der Stunde dann beginnt mein Herz, schneller zu schlagen. Weil Melvin recht hat. Dieses Schweigen zwischen mir und Noel bringt nichts. Außerdem halte ich das sowieso nicht mehr aus.

Eilig trage ich Schwert und Schutzkleidung zu den Holzgestellen, halte dabei nach Noel Ausschau.

Er ist schon am Ende der Großen Halle. Rechts von ihm läuft Ellinor. Sein breites Kreuz wirkt neben ihr noch massiger. Die lockeren, kraftvollen Bewegungen haben diese angenehme Ruhe, die ich sonst von niemandem kenne. Und trotzdem geht er gleichzeitig auch zügig.

Schnell hinterher.

Am Brunnen hole ich ihn schließlich ein.

»Noel.«

Er hält inne. Ich starre auf seinen Rücken. Nach einigen Augenblicken dann dreht er sich um. Er sagt kein Wort, er schaut mich bloß an. Und am liebsten würde ich jetzt wieder wegrennen, weil ich es einfach nicht aushalte. Von Nahem strahlen seine braunen Augen viel mehr. Sie strahlen selbst jetzt noch, dabei geht es ihm nicht gut. Melvin hat es mir doch erzählt.

Warum sagt er nichts?

Ich presse meine Hände hinten gegen die Oberschenkel, weil ich schon wieder merke, wie sie zu zittern beginnen. Ich senke den Blick.

Hat Lucas sich so gefühlt, als er damals im Gemeinschaftsraum das erste Mal vor mir stand?

»Ich geh schon mal vor«, sagt Ellinor und verschwindet schnell in Richtung Essenssaal. Noel und ich stehen uns gegenüber. Die Schüler ziehen an uns vorbei. Aber ich habe das Gefühl, sie sind gar nicht da. Sein Mund zuckt einmal, sonst bewegt er sich nicht. Ich weiß, wie diese Lippen schmecken.

»Ich wollte gern mit dir reden. Über, na ja, du weißt schon …«

»Und du denkst, hier ist jetzt der richtige Zeitpunkt, sich darüber zu unterhalten?« Er spricht die Wörter wie eins. Er spricht sie so Noel.

»Nein … ich. Ich wollte nur …«

Mann! Warum bin ich in seiner Nähe nicht mehr ich selbst? Mein Herzschlag übertönt einfach alles, und ich bin nur noch überfordert. Wie kriegt er das hin?

»Ich hab wirklich Hunger, Sam.« Noel fährt sich mit der Hand über den Mund. »Lass uns das wann anders klären.«

Ich schlucke die aufkochende Wut in mir hinunter. Nicke. Arschloch. Die Genugtuung kriegt er nicht.

Er wendet sich zum Gehen, hält dann aber wieder abrupt an. Schnell schaut er sich nach allen Seiten um. Für einen Moment ist tatsächlich niemand in der Nähe.

»Wir sehen uns heute Nacht«, sagt er dann leise. »Im Zirkelraum. Du und Liv. Erzähl niemandem davon. Schlaf während des Ligenunterrichts, Jon hat dich freigestellt.«

Ich hasse es, wenn er wie Jon redet. Ich hasse es, dass ihm Jons blöde Nachrichten wichtiger sind, als über *uns* zu reden. Aber noch mehr hasse ich das Gefühl, das mich jetzt plötzlich packt. Es ist wie ein innerliches Kratzen von Metall an meinen Knochen.

Ich und Liv. Das kann nur eins bedeuten. Nur noch halb nehme ich wahr, wie Noel sich erneut abwendet und geht. Heute Nacht werde ich dem Mann ohne Zunge gegenüberstehen. Und wenn er mich erkennt, ist alles vorbei.

»Du kämpfst gut«, sagt plötzlich jemand neben mir. Ich fahre herum. »Deine Schläge sind ein wenig zu vorhersehbar, aber das weißt du sicher selbst.«

Ich blicke in das Gesicht des Akila-Mädchens. Ihre kräftig braune Haut schimmert im Licht der Fackeln. Kleine Schweißperlchen sitzen auf ihrem Nasenrücken.

»Wie bitte?«, frage ich. Was ist denn jetzt los?

Von Nahem erkenne ich, wie ihre Frisur funktioniert. In dünnen Zöpfen mit lauter winzig kleinen Flechten hat sie die Haare zusammengebunden. Sie laufen ihren Schädel entlang nach hinten, um dort in den langen Zopf zu münden.

Das Mädchen ist schlank und groß, sogar ein bisschen größer als Estelle. Trotzdem ist sie ganz anders gebaut – muskulös, sehnig. Ihre Haltung nicht steif, aber dennoch gespannt wie eine Bogensehne.

»Ich bin Kyara.« Ihre Stimme ist überraschend tief, sie deutet eine Verbeugung an. »Ich freue mich jetzt schon auf einen Kampf mit dir. Ich werde gewinnen. Aber es wird nicht leicht sein.«

Wütend starre ich sie an. Das kann doch wohl nicht ihr Ernst sein! Sie schaut zurück, und jetzt bin ich schon wieder irritiert. In ihren Augen sehe ich keine Herausforderung, keinen Spott oder sowas. Es ist ein ganz normaler, vielleicht etwas interessierter Blick, mehr nicht.

»Was ist los?«, fragt sie.

Also entweder ist sie dumm oder einfach nur komisch. Aber ich habe da jetzt wirklich keine Lust drauf. »Egal. Nichts.«

»Gut. Kommst du mit zum Essen?«

Ich zögere. Ich will Noel nicht wieder lachen hören.

»Ich habe gar keinen Hunger«, sage ich. »Geh ruhig.«

»In Ordnung«, Kyara nickt. »Bis bald.«

Sie verschwindet im Essenssaal. Endlich alleine. Ich mache auf der Stelle kehrt und steige die Treppen hinab. Auf dem Weg zu meiner Zelle kommt mir niemand entgegen, die Gänge sind wie ausgestorben.

Als ich die dunkle Zelle betrete, riecht es nach Estelle. Ich kicke gegen meinen Lederbeutel, und er schliddert geräuschvoll über den Steinboden.

Erschöpft setze ich mich auf mein Bett. Ich wühle mich in mein Fell, bleibe dann ganz still liegen, so als würde ich mich verstecken.

Es ist keine drei Wochen her, da waren Noel und ich zusammen in dieser Zelle. Ich kann mich noch genau daran erinnern, wie er im Zimmer stand und plötzlich nur noch er existiert hat. Mein Gesicht war glühend heiß. Wir sahen uns an, und uns beiden war klar, dass wir nichts falsch machen konnten.

Ich habe seine Hand über meinen Oberschenkel fahren gespürt, wie Blitze durch meinen ganzen Körper. Er hat mich nach hinten gedrückt, und da war wieder dieses Gefühl, das ich so liebte an ihm, nur jetzt noch viel mehr als vorher. Dieses Gefühl, als könne ich mich fallen lassen …

Ich reibe mir über die Schläfen. Hat ja geklappt mit dem Fallen. Bin richtig auf die Schnauze geflogen.

Ich sollte ihn abhaken. Bevor wir die Nachtwachen auf dem Friedhof gehalten haben, hat er mich doch auch nicht so nervös gemacht. So verdammt nervös. Auch als ich damals mit ihm zusammen eingeteilt wurde, habe ich mir noch nicht so richtig was dabei gedacht. In meinem Kopf ist immer noch Lucas herumgeschwirrt.

Lucas mit seiner forschen Art, seinem Ehrgeiz und seinem Selbstbewusstsein. Der einfach nicht aufgehört hat, mich herauszufordern, ich mochte das. Auch wenn ich mich nie mehr getraut habe, als ihm die kalte Schulter zu zeigen.

Noel war ganz anders. Und er war Lucas' bester Kumpel.

Hätte mir jemand vorher gesagt, dass ich mich ausgerechnet in Noel verliebe, dann hätte ich ihn wahrscheinlich ausgelacht.

Aber schon in der ersten Nacht auf dem Friedhof ist etwas mit mir passiert. Noel hat einfach angefangen zu reden mit seiner tiefen Stimme, und es schien ihm völlig egal zu sein, dass ich wie immer meinen Mund hielt.

In den nächsten Tagen, und besonders vor der nächsten Nachtwache, war ich ganz kribbelig. Ich habe mir immer wieder Ausreden überlegt, warum das so ist – weil die Königswachen sich näherten oder weil auf dem Friedhof ein Grab aufgebuddelt worden war. Aber als wir dann wieder nebeneinander in der Nacht saßen, wusste ich, dass allein *er* der Grund gewesen war.

Und wenn er so geredet und mich so interessiert, forschend aus seinen dunklen Augen angesehen hat, dann wollte ich eigentlich nur noch, dass seine großen Arme mich umschlingen und seine Hände durch mein Haar fahren, genauso, wie er es manchmal bei sich macht.

Denn etwas war in seinen Worten, das mich mitgerissen hat. Ich wollte ihm einfach nur noch zuhören, nichts anderes mehr.

Jetzt, wo ich hier in der kalten Zelle liege, kann ich mir fast gar nicht mehr vorstellen, dass das alles passiert ist. Dass er doch meine Hand genommen hat in der Großen Halle mit seiner rauen, warmen Arbeiterhand. Dass ich plötzlich auch einfach angefangen habe, zu reden, so als wäre es das Normalste auf der Welt. Dass wir uns geküsst haben im Amphitheater und die Funken in meiner Brust dabei. Das alles kann gar nicht passiert sein. Weil es jetzt einfach nur noch schlimm ist.

Vielleicht sollte ich ihn wirklich abhaken. Ich muss aufhören, mir diese Erinnerungen ständig in den Kopf zu rufen. Ich sollte sagen: *Scheiß auf dich, Noel.*

Aber ich kann ihm ja nicht mal aus dem Weg gehen. Beim Essen, im Zirkel, überall höre ich sein Lachen. Ich habe doch gar keine Chance, ihn abzuhaken. Denn überall, wo er ist, erinnert mich alles daran, wie schön es war.

Sogar schon heute Nacht im Zirkelraum werde ich ihn wiedersehen.

Ich schlucke. *Und nicht nur ihn.* Meine Brust schnürt sich enger.

Liv und ich sollen kommen, hat Noel gesagt. Das kann nur bedeuten, dass wir zum Wissenschaftler geführt werden. Er kennt mich bloß mit Puder und Schminke. Er kennt mich mit hochgesteckten Haaren und in edlen Kleidern. Das Letzte, woran er hier unten denken wird, sind die Töchter des Königs.

Aber du hast ihn auch wiedererkannt.

Ich schließe die Augen.

Ich hoffe, ich kann irgendwie Schlaf finden.

4

Favilla. Zirkelraum.

DIE KOENIGIN GEBAR ZWILLINGE IN DER NACHT
DES CHRONISTEN. UND EIN PHOENIX FLOH UNGESEHEN
UND ER TRUG EINS DER KINDER.

Die Inschrift leuchtet in Rot von der Wand des Zirkelraums.

Jon hat sie auf ein gewaltiges Leinentuch malen lassen. Die Sätze sollen sich in unseren Kopf brennen, wir sollen uns das neue Ziel immer wieder vor Augen führen. Die Hoffnung, die damit verbunden ist.

Ich kann mich noch an den Ausdruck in Jons Gesicht erinnern, als er uns zusammengerufen hat, um die Lösung des Rätsels zu verkünden. Aus seiner Miene sprach etwas so Gelöstes, so Freudiges. Das bei ihm zu sehen, hat mich geradezu verstört. Und dann die anderen, wie sie langsam verstanden, was das heißen könnte für Favilla. Wie sich ihre Rücken strafften, ihre Worte immer schneller und lauter wurden, ihre Blicke zu leuchten anfingen.

Nur Noel und ich standen einfach bloß da, ließen uns freudig auf die Schulter hauen, ich versuchte halbherzig, zu lächeln.

Ich reibe mir die Arme. An diesem Abend war das zwischen uns beiden kaputtgegangen, während für Favilla ein neuer Abschnitt begann.

In den letzten zwei Wochen waren die Lehrenden richtig aufgewühlt, so habe ich sie noch nie erlebt. Auch einige Zirkler wie Callan und Ellinor kommen mir völlig verändert vor. Ich höre sie Worte sagen wie »Retter« und »wahre Blutlinie«.

Manchmal würde ich sie gern schütteln und anschreien und ihnen sagen, dass Blut nicht alles ist. Dass Blut eigentlich gar nichts zu bedeuten hat. Aber sie würden es so oder so nicht begreifen.

Natürlich, ich verstehe ihre Aufregung schon. Über 300 Jahre lang dachte Favilla, dass das ganze Königsgeschlecht tot sei, weil der Chronist sogar die Königin mit ihrem Neugeborenen umgebracht hatte. Keiner konnte von dem Zwilling wissen, den ein Phönix unbemerkt in Sicherheit gebracht hatte.

Die Blutlinie könnte also noch existieren, da draußen könnte jemand sein, der ein Anrecht auf den Thron hat. Jemand, mit dem Favilla vielleicht endlich den Aufstand wagt.

Aber es gibt doch noch eine viel, viel heftigere Information: Das entschlüsselte Rätsel lässt auch darauf schließen, dass es einen freien Phönix geben müsste! Und *das* ist Favillas größte Chance. Denn selbst wenn ein Thronfolger Teile des Volks um sich scharen könnte, hätten wir kaum Erfolgsaussichten gegen die gut ausgebildeten Truppen meines Vaters. Einen magischen Feuervogel auf seiner Seite zu haben, könnte die Verhältnisse allerdings entscheidend verändern.

Ich sehe hoch zum Deckengemälde. Der Schweif, das Feuer, die Zuversicht, die in seinen Augen liegt. *Das* ist wahre Macht.

Jon hat noch in derselben Nacht, in der er das Rätsel gelöst hat, Callan und Nikolai losgeschickt, um die Wissensverwalter zu kontaktieren. Was er wohl an die Verwalter weitergegeben hat? Ich kann mir nicht vorstellen, dass sie in alles eingeweiht worden sind. Nicht einmal annähernd.

»Das Mädchen«, sagt Liv neben mir plötzlich mit dünner Stimme und nimmt den Blick dabei nicht von der Inschrift an der Wand, »es hat noch gelebt, als ich ankam. Es hat meine Hand gegriffen und wieder und wieder nach Luft gerungen. Ich hab immer noch ihr hilfloses Gesicht vor Augen.«

Livs lange, schwarze Strubbelhaare schirmen ihr Gesicht von der Seite weitestgehend ab, aber ich kann trotzdem sehen, wie fest sie die Lippen aufeinanderpresst.

»Es war gut, dass du bei ihr warst«, sage ich vorsichtig. »Sie ist nicht alleine gestorben.« Ich berühre flüchtig ihre Hand.

Liv starrt weiter auf die Inschrift. Nickt.

»Jon wird ihn zur Rechenschaft ziehen«, sage ich.

Wieder nickt Liv, und für einen Moment ist nur das Knistern der neun Fackeln zu hören. Die Musik Favillas.

Dann wird eine Tür aufgeschoben. Es ist diejenige, die tiefer in die Ebene Drei führt. Ich habe sie noch nie durchquert.

Der Dürre starrt mit seinen bleichen Augen in den Raum, sein Blick landet genau zwischen Liv und mir. »Mitkommen«, sagt er.

Liv strafft die Schultern und atmet einmal langsam aus, sie hat sich wieder gefangen. Wir folgen dem Dürren.

Am Anfang hat er mir Angst gemacht. Mittlerweile mag ich ihn am liebsten in ganz Favilla. Er erwartet nichts, er fragt nichts, er erledigt seine Aufgaben, und das war's.

Die Gänge in diesem mir unbekannten Abschnitt sind schmal und frei von Knochen. Vielleicht kommt es mir auch nur so vor, aber die Steinkanten sind hier schärfer. Ich will mich ducken, obwohl ich sehen kann, dass der Platz selbst für den Dürren reicht.

Er schiebt sich mit seiner Fackel voran, ohne ein einziges Mal zu zögern, so als würde er täglich durch diesen Bereich von Ebene Drei marschieren.

Ich dagegen muss mich wirklich zusammenreißen, dass ich mich auf den Weg konzentriere und nicht irgendwo gegen stoße. Denn in meinem Kopf sind tausend andere Gedanken, die sich nach vorn drängen wie eine aufgebrachte Meute.

Als Prinzessin am Königshof wird man oft vorgezeigt. Man bekommt viel zu viel Aufmerksamkeit, wenn man unterwegs ist. Menschen sehen einen und merken sich dein Gesicht. Gänsehaut krabbelt plötzlich über mich hinweg, setzt sich in meinem Nacken, auf meinen Armen fest. Am Königshof kennt man die Gesichter der Prinzessinnen …

Wir stoppen. Vor uns eine Steintür. Der Dürre schiebt sie auf, und jetzt halte ich es kaum noch aus. Ich kann das nicht!

Ich muss.

Ich gehe vor, mein Herz rast. Liv folgt mir, und der Dürre bleibt zurück im Gang.

Da sitzt er. Der Mann ohne Zunge trägt noch das gleiche Gewand, in dem er gestern das Mädchen umgebracht hat. Es fällt ihm weit und schlabbrig über den Körper, ein Haufen aus Schwarz. Und daraus ragt ein dünner, langer Hals mit einem haarlosen Schädel hervor.

Er dreht den Kopf, als wir eintreten. Ich kann seinen Blick unmöglich deuten.

»Wir sind vollzählig.« Jonathan steht an einem Tisch am Ende des kleinen Raums. Er hat uns den Rücken zugedreht und ordnet irgendwelche metallenen Werkzeuge. Sonst gibt es hier nur den aus Eisen geformten Stuhl des Wissenschaftlers und Stein. Irgendwie ist dieser Raum der Krankenstation gruselig ähnlich.

Und dann gibt es da natürlich noch Noel.

Er steht direkt neben Jon, die Arme hinter dem Rücken verschränkt. Doch er ist uns zugewandt, und sein Blick ruht auf mir, als wäre ich es, die zum Verhör geladen wurde. Diesmal gucke ich nicht weg, das ist das Letzte, was ich machen werde.

Jon dreht sich ganz langsam zu dem Wissenschaftler um, erst da schaut Noel zu ihm hinüber. In der Hand hält Jon eines der metallenen Geräte. Es ist nicht größer als ein Totenschädel, drei Eisenplättchen, die von drei Stäben an den beiden Seiten und in der Mitte durchstoßen und so zu einem Werkzeug werden. Der mittlere Stab hat ein Gewinde und einen dazugehörigen Drehkopf.

»Ich denke, du weißt, was das hier ist«, sagt Jon mit ruhiger Stimme.

Der Wissenschaftler verzieht keine Miene, sein Kopf sieht seltsam unförmig aus, rechts ist der kahle Schädel irgendwie größer als links.

Jon tritt einen Schritt auf ihn zu und hält ihm das Metall vors Gesicht. »Eine Daumenschraube. Es geht ganz einfach. Man befestigt die beiden Klammern am Finger des Gegenübers. Wenn man anfängt, zu drehen, ist es erst nur ein unangenehmes Drücken, aber viel schneller, als man denkt, beginnen die Leute zu schreien. Der Schmerz nimmt dabei allerdings nicht wieder ab wie zum Beispiel nach dem Benutzen einer Zange. Im Gegenteil: Mit jeder Drehung nimmt er zu. Erst wird einfach nur die Haut zusammengequetscht und verfärbt sich ganz seltsam. Kurz darauf presst sich das Blut heraus. Und irgendwann ist Knirschen zu hören, wenn die Knochen brechen. Aber die meisten haben dann ohnehin schon genau die Information gegeben, die man haben möchte.«

Noch immer zeigt sich keine Regung auf dem Gesicht des Wissenschaftlers, aber ich sehe, wie seine Hände sich fester um die Stuhllehnen schließen.

»Sam.« Ich versteife mich, als Jon meinen Namen ausspricht. »Ich möchte gern, dass du mir berichtest, was du in der letzten Nacht beobachtet hast.«

Ich schlucke. Natürlich musste so etwas kommen.

»Die beiden verhüllten Männer sind zu dem Mädchen vor der Hüttentür gegangen«, beginne ich.

Jon blickt starr ins Gesicht des Wissenschaftlers. »Ja, weiter.«

»Einer von ihnen ist vorgetreten. Der andere, er«, ich nicke vage in Richtung Wissenschaftler, »hat ihm ein Messer in den Rücken gerammt. Danach tötete er auch das Mädchen.«

»Liv«, sagt Jon. »Was, denkst du, hätte der Brennende König mit dem Mörder getan, wenn er ihn in seine Fänge bekommen hätte?«

Liv antwortet, ohne zu zögern. »Er hätte ihn einen langsamen und qualvollen Tod sterben lassen.«

Jon nickt. »Das denke ich auch.« Er blickt dem Wissenschaftler fest in die Augen. »Du kannst also von Glück sagen, dass *wir* es sind, die dich gefangen haben, und nicht die Männer des Königs.« Er wechselt die Daumenschraube von der linken Hand in die rechte und wieder zurück. Dann wirft er sie mit einer lockeren Bewegung auf den Holztisch, das Geräusch klingt laut und falsch. »Ich halte nichts von unnötiger Gewalt. Ja, ich verabscheue sie sogar. Aber du wirst uns mitteilen müssen, wohin du fliehen wolltest. Du wirst mir sogar den genauen Weg dorthin verraten.«

Habe ich irgendwas nicht mitbekommen? Den genauen Weg *wohin*, warum ist das wichtig? Ich blicke zu Noel, aber der scheint nicht annähernd irritiert. Natürlich nicht.

»Du bist ein Forscher, ein Mann des Geistes«, fährt Jon fort. »Ich denke, du bist dir im Klaren darüber, wie viel Schmerz der menschliche Körper zu empfinden in der Lage ist. Ich gebe dir einen Tag Zeit, um darüber nachzudenken, ob du mir den Ort freiwillig sagen willst«, er macht eine Pause und schmunzelt. »Ich bin mir ganz sicher, dass du die richtige Entscheidung treffen wirst.«

Damit wendet er sich ab, geht zur Steintür und schlägt zweimal kräftig mit der Faust dagegen. Wenige Momente später kommt der Dürre herein.

»Theodor. Bring unseren Gast bitte in seine Zelle zurück. Er hat eine Entscheidung zu treffen.«

Der Dürre schlurft vorwärts. Bedeutet dem Wissenschaftler wortlos, aufzustehen. Der Wissenschaftler gehorcht, die Klamotten hängen auch im Stehen an ihm herunter. Die Haut in seinem Gesicht ist ganz glatt, die am Hals dafür runzlig und schlaff.

Dann führt ihn der Dürre endlich ab. Ich atme durch, als er

aus dem Raum tritt. Die Luft ist gleich nur noch halb so stickig. Erleichtert blicke ich dem kahlen Kopf hinterher. Doch da dreht er sich plötzlich noch einmal zu uns um. Mir bleibt die Luft weg. Über sein Gesicht huscht ein Lächeln. Ein wissendes Lächeln. Nur ganz kurz, aber ich bin mir doch sicher. Oder?

Die Tür schlägt zu. Ich starre wie tot auf die Steinwand. Das war ein Lächeln. Glaube ich. Was soll es denn sonst gewesen sein?

»Morgen wird er kooperieren.« Jon rückt die Daumenschraube auf dem Tisch wieder an ihren Platz und wendet sich erst danach zu uns um. »Ich gehe davon aus, dass wir vor einem großen Durchbruch stehen. Aber ich möchte nicht, dass ihr mit jemandem über den Wissenschaftler sprecht, weder mit Lehrenden noch mit Zirklern«, fährt er fort und legt die Hände ineinander. »Ist das klar?«

Er fragt es nur Liv und mich. Er fragt es kein bisschen auch Noel. Ich nicke schnell. *Der Mann ohne Zunge hat gelächelt, bevor er in der Dunkelheit verschwand.* Ich will jetzt nur noch hier raus, ich weiß nicht, wie lange ich noch so ruhig bleiben kann.

»Gut, dann ruht euch jetzt weiter aus«, sagt Jon, als könne er meine Gedanken lesen. »Ihr habt gestern Abend bei dem Austausch großartig reagiert. Noel. Du kannst auch gehen für heute. Ich glaube, Sam und Liv finden den Weg noch nicht alleine zurück.«

»In Ordnung.« Noel nickt, dann geht er mit langen Schritten aus der Verhörzelle. Er dreht sich nur einmal kurz nach hinten, um sich zu vergewissern, dass wir ihm folgen, das war's.

Wir schweigen den gesamten Weg. Und mit jedem Schritt

werde ich nervöser, aber gleichzeitig auch wütender. Als wir durch den Sarkophag des dritten Phönixwächters steigen und in Ebene Zwei ankommen, reicht es mir.

»Liv«, sage ich mit fester Stimme, obwohl ich innerlich allein durch Noels Nähe schon völlig aufgewühlt bin. »Kannst du vielleicht schon mal vorgehen? Noel und ich haben hier noch etwas zu besprechen.«

»Klar.« Liv wischt sich eilig Staub von der Hose. »Klar, bis später.«

Noel atmet genervt aus, fährt sich durchs lange, schwarze Haar.

Ich warte, bis Liv die Grabkammer verlassen hat, drehe mich sicherheitshalber noch zweimal um, dann erst schaue ich nach oben in Noels Gesicht. Starre ihn einfach nur wütend an. Er erwidert meinen Blick ganz ruhig, mit warmen, braunen und vielleicht ein bisschen traurigen Augen.

»Also?«, sagt er betont locker, und das macht mich nur noch rasender.

»Warum lässt du es mich nicht erklären?«, zische ich. »Warum gehst du mir aus dem Weg?«

»Ich stehe doch jetzt hier.«

»Willst du es denn überhaupt wissen?«

»Ich stehe hier und höre dir zu, reicht das nicht?«

Nein, das tut es nicht. Weil ich am liebsten jetzt nach vorn kippen und mich von dir halten lassen will, einfach nur meine Arme um dich schlingen und du mir sagst, dass wir uns vertragen. Ich habe Angst, Noel, ich glaube, mir geht es an den Kragen. Der Wissenschaftler hat mich angelächelt. Er kennt mich. Wie lange waren du, Jon und er schon vor uns in dieser Zelle? Und …

wie viele von diesen Einzelsitzungen hattest du seit der Nacht auf dem Friedhof?

Meine Lider zucken.

»Hast du Jon von mir erzählt?«, presse ich hervor, ehe ich darüber nachdenke.

»Ist das dein Ernst?« Noel hebt die Stimme, er trennt die Wörter klarer als sonst. »Darum geht es dir?«

Ich schüttele hastig den Kopf. »Nein ... ich ... der Wissenschaftler ...«

Noel schnaubt und reckt den Unterkiefer vor. »Dass du das von mir denkst.«

»Noel ...«, und plötzlich, während er dasteht und mich anschaut wie eine Verbrecherin – so enttäuscht, als hätte ich sonst was gemacht – will ich weder sein Verständnis noch seine Hilfe mehr. Mein Mund schnappt zu. Ich funkele ihn an. »Was ist eigentlich dein Problem?«

Noel lacht wütend auf. »Was mein Problem ist? Du willst wissen, was mein Problem ist?« Seine Stimme wird zwar nicht lauter, aber mit jedem Wort aufgebrachter. »Mein Problem ist, dass du eine Lügnerin bist. Du hättest es mir sagen können. Du hast genug Chancen gehabt.« Seine Prankenhände ballen sich zu Fäusten. »Stattdessen erzählst du mir noch Geschichten aus dem Fischerdorf und machst mir schöne Augen, damit deine Tarnung nicht auffliegt.«

Ich blicke ihn entgeistert an. Das kann er doch nicht ernsthaft denken! »Hab ich nicht«, sage ich einfach nur lahm.

»Oh, dann hab ich da wohl was falsch verstanden.« Noel fährt sich ein zweites Mal durch die Haare. »Aber weißt du was? Es ist mir auch egal. Ich kann nicht wissen, was stimmt von dem, was du sagst. Ich kann es nicht herausfinden. Also muss es mir eben egal sein.« Er macht einen Schritt nach hinten. »Und dass du wirklich gedacht hast, ich laufe sofort zu Jon und erzähle ihm alles. Das ist einfach nur noch bitter.«

Damit wendet er sich ab und setzt sich in Bewegung. Er verschwindet aus der Kammer, ohne auch nur einmal zu zögern, und alles, was hierbleibt, ist die Kälte des Steins.

»Wie soll ich es denn nicht denken?«, rufe ich ihm hinterher, und es ist mir völlig egal, ob mich jemand hört. »Du bist doch schon genau wie er. Du redest genau die gleiche Scheiße!«

Dann ist er weg. Und ich auch irgendwie. Ich spüre plötzlich keine Wut mehr, keine Hitze oder Kälte, nichts. Ich husche durch die Gänge in meine Zelle, als wäre ich nicht dabei, als würde mein Körper losgelöst von mir funktionieren.

Estelle schläft. Ich gehe vor ihr in die Hocke, betrachte ihre feine, schneeweiße Haut, die langen, unruhig zuckenden Wimpern. Sie hat nicht mehr ihre seltsamen Träume. Anscheinend sieht sie den Wanderer nicht mehr. Oder sie kann es sehr gut vor mir verbergen. Ich habe ihr das nie erzählt, aber wenn sie ihre Träume hatte, dann war da ein sonderbares Glühen in ihren Haaren. Und ab und zu sind winzige Funken zu sehen gewesen.

Seit der Nacht im Wald sind sie nicht mehr da.

Kontrolliert sie es?

Ich streiche Estelle das Haar zurück. Es ist viel weicher als meins und schmiegt sich richtig um die Finger.

Und wie ich sie da liegen sehe, der Atem ganz ruhig, aber der Rücken trotzdem so starr, als würde sie vor dem König stehen, und daran denke, dass sie vielleicht gerade von Leo träumt, komme ich zurück – und alle Gefühle auf einmal wie ein Rudel tollwütiger Hunde.

Der Wissenschaftler hat mich angelächelt. Ich weiß es. Was soll es sonst gewesen sein. Er hat mich wissend angelächelt. *Er wird mich verraten. Er wird Jon mein Geheimnis offenbaren.*

Ich rolle mich auf meinem Bett zusammen und mache mich so klein es geht.

Ich weine.

Weil ich mich fürchte.

Und weil ich allein bin.

5

Favilla. Essenssaal.

Wie zufällig bleibt Benjamin stehen, als er mich in den Raum kommen sieht. Er wartet, bis ich an ihm vorbei zum Versorgungstisch gehe.

»Ganz unten liegen zwei, die mir ein bisschen angebrannt sind«, sagt er und deutet mit dem Kopf zu der Schüssel, in der sich die Höhlenkäfer stapeln. Seine großen Nasenflügel blähen sich einmal kurz auf.

»Mhm«, mache ich nur und nicke ihm flüchtig zu. Aber wir verstehen uns. Er weiß, dass ich sie so am liebsten mag, nicht zu doll, aber ein bisschen angekokelt schmeckt einfach.

Im Königshaus hätte ein Küchendiener seinen Kopf verloren für verkohltes Essen. Wie ich dieses edle Getue gehasst habe! Die riesigen, weißen Porzellanteller auf dem glatt polierten Holz, wo man jeden Fleck sehen konnte. Das Essen fein angeordnet auf dem Teller, als würde es nicht sowieso gleich im Bauch zu einer einzigen Matsche werden.

Liam wusste das. Wahrscheinlich hatte er mal gehört, wie ich beim Servieren einen halblauten Kommentar über diese penible Ordnung abgegeben habe. Vielleicht hat er es auch einfach nur so geahnt.

Liam, der Koch.

Manchmal frage ich mich, ob es einfacher für mich wäre, wenn ich ihn geliebt und ihm das gesagt hätte. Vielleicht würde mich dann nicht die Vorstellung quälen, dass er verzweifelt gewesen sein muss, als er starb.

Ich mochte Liam, ich mochte ihn wirklich. Er sah auch echt gut aus, er hatte große, blaue Augen und kleine Fältchen darum, wenn er lächelte. Bestimmt die Hälfte der Dienstmädchen stand auf ihn. Das war nicht zu übersehen.

Aber für mich wurde Liam eben einfach nie mehr als ein hübscher, netter Junge.

Als er das erste Mal meinen Teller in Unordnung gebracht hatte, fand ich das noch lustig. Er setzte ihn mir vor, und einen Moment starrte ich bloß irritiert auf das Essen. Das Fleisch war auf den Punkt gebraten und wurde elegant von einem Tupfer Soße flankiert. Aber die einzelnen Bohnen waren zu einem Kreuzmuster übereinandergelegt, wie die Wandverzierung im Botengang. Ich schaute hoch zu Liam, und er lächelte mir kaum merklich zu – unwillkürlich musste ich auch lächeln.

Es folgten mehr dieser Botschaften. Immer wieder bekam ich nun neue Essensanordnungen vorgelegt, nicht zu auffällig, aber jedes Mal so, dass ich es merkte. Und ich genoss diese kleine Ablenkung von all dem Schlimmen, das mich umgab.

Doch als ich den ersten Brief von ihm bekam, war ich völlig überfordert. Liam schrieb mir, wie sehr er mich verehre und dass ich das schönste Mädchen am Hof sei. Das war erst mal absoluter Quatsch, denn neben meinen langbeinigen Schwestern sah ich aus wie ein Häufchen Phönixasche. Aber vor allem war es eins – schrecklich gefährlich für Liam.

Von da an habe ich alle weiteren Essensbotschaften ignoriert. Ich habe die Briefe ignoriert. Ich dachte, vielleicht hört er von allein wieder auf. Aber das tat er nicht, und jeder dieser Briefe war ein Spiel mit dem Feuer.

Als er es dann irgendwann schaffte, mich alleine im Gang abzufangen, fuhr ich ihn an wie eine Bestie. »Lass mich in Ruhe«, zischte ich und wich so abrupt vor ihm zurück, dass ich beinahe den silbernen Pokal auf der glänzenden Wandkommode heruntergerissen hätte. »Halt dich von mir fern. Hör auf, mir zu schreiben. Oder ich melde dich den Wachen.«

Aber ich glaube, er wusste, dass ich das nie tun würde.

»Ich kann nicht anders, Königstochter. Die anderen Mädchen interessieren mich nun einmal nicht«, hat er einfach nur gesagt. Und er hat weiter Briefe geschrieben.

An einem Morgen im Winter lag Liam tot auf dem Schnee im kleinen Außenhof. Es war auf dem Weg zum Familienmahl. Schon von Weitem habe ich die olivgrüne Uniform der Küchendiener im Weiß erkannt. Ich sah den unbeweglichen Körper dort liegen, und alle Etikette war mir plötzlich völlig egal. Ich rannte los, den Nebenaufgang hinab, *nichtliamnichtliamnichtliam*, aber natürlich war er es. In meinem Kleid aus Seide kniete ich mich in den kalten Schnee zu ihm, sein Gesicht war schon ganz gefroren und leer.

»Königliche Hoheit.« Es war die pockennarbige Wache aus der zweiten Garde, die plötzlich hinter mir stand. Er hatte den

Blick demütig zu Boden gerichtet, ich konnte seine Augen nicht sehen. Doch ich wusste sofort, dass er es gewesen war.

»Eine Tragödie, Königliche Hoheit. Er muss gestürzt sein. Wahrscheinlich hat er sich beim Ausschauhalten nach schönen Mädchen zu weit aus dem Fenster gebeugt.« Und jetzt blickte er mich doch an, ganz kurz nur, aber das reichte. »Ich habe den Befehl, ihn zum Lichterpunkt zu bringen.«

Ich sah bloß zu ihm hoch, und am liebsten hätte ich ihn angesprungen und sein abartiges Gesicht zerkratzt. Doch mir war auch klar, dass er auf Anweisung meines Vaters gehandelt hatte und ich ihm rein gar nichts anhaben konnte.

Beim Essen habe ich es kaum geschafft, meine Fassung zu bewahren. Es war eine der seltenen gemeinsamen Mahlzeiten, an denen große Teile der Königsfamilie teilnehmen müssen, zwei Reihen an der riesigen Tafel aus dunklem Holz im großen Saal. Bestimmt zehn meiner Halbschwestern waren hier, fünfzehn meiner Halbbrüder und genauso viele Haremsfrauen. Meine Mutter war an diesem Tag nicht dabei.

Wir alle aßen schweigend, wie es sich geziemte, nur das vorsichtige Klingen von Besteck auf den Porzellantellern war zu hören. Ich saß auf halber Höhe der Tafel, rechts und links neben mir zwei meiner Halbschwestern. Sue – links – hatte eine ihrer letzten Mahlzeiten hier, sie würde in einigen Tagen nach Akila gehen, um einen der Edelmänner zu heiraten. Wer genau rechts neben mir speiste, weiß ich gar nicht mehr. Eigentlich nahm ich sie alle kaum wahr.

Mein Vater saß in seinem blutroten Umhang am Kopf des Tisches.

Er aß natürlich nicht, das tat er nie vor uns, er saß nur regungslos dort; auf der metallenen Maske spiegelten sich die Flammen.

Man wusste nie, wohin er wirklich schaute, aber diesmal war ich mir ganz sicher, dass er nur mich beobachtete. Jeder Bissen schien sich durch meine Kehle zu schneiden wie ein Dolch. Ich konnte das Zittern meiner Hände kaum unterdrücken. Doch ich brachte das Essen weitestgehend unauffällig hinter mich, ich weiß nicht mehr, wie. Ich durfte nicht noch mehr Unheil anrichten.

Sobald mein Vater aus dem Raum war, eilte ich so schnell es ging zurück in meine Gemächer, auch wenn das ebenfalls gegen die Etikette verstieß. Immer wieder habe ich mir vorgestellt, wie die pockennarbige Wache Liam gepackt haben muss, wie sie ihn gegen den Fenstersims gedrückt und er verstanden hat, dass er sterben muss. Und vielleicht wäre er weniger verzweifelt gewesen, als er starb, wenn er gedacht hätte, ich liebte ihn auch.

»Sam!« Kyara winkt mir von ihrem Platz aus zu. Ich seufze leise. Das ist das Letzte, worauf ich jetzt Lust habe. Aber was soll ich machen?

Sie sitzt mit Lennart und Phil am Tisch.

»Schön, dich zu sehen«, sagt Kyara, als ich mich zögernd nähere. »Setz dich doch. Ich muss dich etwas fragen.«

Ich knalle meinen Teller auf den Tisch, lasse mich neben Lennart auf die Bank plumpsen. Starre gelangweilt zu Kyara hoch. »Also?«, frage ich.

»Lennart, du Schummelkönig.« Melvin ist plötzlich da und trommelt Lennart einen Kumpelklopf auf die Brust, der es in sich hat. Lennart bleibt kurz die Luft weg. Er keucht auf, dann grinst er. Der Kumpelklopf ist ja auch lieb gemeint. Aber Melvin oder Noel könnten Lennart sogar gnadenlos mit einer Hiebwaffe verdreschen – solange sie ihn danach mit zum Würfelspielen nehmen würden, wäre es okay für ihn. Er liebt die beiden viel zu sehr.

Melvin quetscht sich neben Lennart, und jetzt steht Noel auch am Tisch, zögerlich. Ich beachte ihn nicht, fange stattdessen an, meinem Höhlenkäfer mit lautem Knirschen die Beine auszureißen. Schließlich setzt Noel sich neben Phil, der ein Stück zur Seite rückt, um ihm Platz zu machen.

Einen kurzen Moment ist es ganz still, und das ist mit Melvin am Tisch wirklich eine Leistung. Aber auf ihn kann man sich verlassen: »Also, Lennart«, sagt er. »Ich hab verschiedene Theorien. Erstens: Du hast dir meine Taktik abgeguckt und sie mit deinem abartigen Würfelglück kombiniert. Zweitens: Du schummelst. Drittens: Du bist ein Magier.« Er deutet mit dem Zeigefinger auf Lennarts Gesicht. »Ich glaube ja zweitens.«

»Niemals«, Lennart grinst. Am Anfang war er bei so was noch beleidigt, er brauchte ein bisschen, um zu verstehen, dass Melvin fast immer Spaß macht.

Jetzt trinkt er hastig einen Schluck Wasser und wischt sich über seine Gnubbelnase. »Habt ihr mich eigentlich gestern beim Schwertkampf gesehen? Ich kann das mit der Finte jetzt schon total gut.«

Er sagt das komplett ernst, und wieder herrscht für einen winzigen Moment Schweigen. Dann nickt Phil schnell. »Ja, das klappt wirklich gut«, sagt er.

»Hm? Habt ihr nicht richtig hingeschaut?«, schaltet sich

Kyara von der Seite ein. »Lennart, du bist doch völlig unbegabt im Schwertkampf. Du führst keinen einzigen Schlag richtig aus.«

Lennart starrt sie misstrauisch an. Vielleicht wartet er auf das Zeichen, dass auch sie nur einen Spaß gemacht hat. Aber Kyara scheint das gar nicht zu merken, sie guckt ihn ganz ruhig an und fügt noch hinzu: »Also, in einem echten Kampf wärst du heillos verloren.«

»Wär' ich nicht!« Lennarts Stimme hat einen ganz piepsigen Ton angenommen. »Ich kämpfe nämlich mit *Taktik*.«

»Die hilft oft nicht«, sagt Kyara.

»Ist mir doch egal.« Lennart springt vom Tisch auf und starrt Kyara wütend an, seine Augen sind wässrig. »Ist mir doch egal, was du sagst.«

Er lässt seinen Teller stehen und huscht auf seinen dünnen Beinen aus dem Essenssaal.

Phil sieht Kyara vorwurfsvoll an. »Musste das sein?«

»Was?«, fragt Kyara.

»Na, dass du ihm so einen blöden Spruch reindrückst.«

»Hä?« Kyara sieht ernsthaft verwirrt aus. Kapiert sie das wirklich nicht? Was stimmt eigentlich nicht mit diesem Mädchen?

»Ich war doch nur ehrlich«, sagt sie jetzt.

»Man kann auch einfach mal ein bisschen nett sein«, erwidert Phil.

»Wie meinst du das?«

»Hätte es dich umgebracht, wenn du einfach genickt hättest, als er meinte, er wird immer besser?«

»Ich hätte also lügen sollen?«

Phil schnaubt und verdreht die Augen. »Nein, das auch nicht, nur nett sein. Na ja, vergiss es einfach.«

Das Einzige, was ich sympathisch an Kyara finde, ist, dass sie ähnlich schlecht darin ist, sich Freunde zu machen, wie ich.

»In Ordnung«, sagt sie und dreht sich wieder mir zu. Ihre Haut glänzt, als sei sie eingeölt. Sie hat die schmalen Augenbrauen aufmerksam hochgezogen. »Ich habe erfahren, dass wir heute direkt wieder Schwertkampf haben. Ich würde dich dort gern herausfordern.«

Ich überlege kurz, ob ich mich ärgern soll, dann seufze ich nur erschöpft. »Nein, danke.«

»Es wäre mir wirklich eine Ehre«, sagt Kyara und schaut mich dabei unverwandt an.

»Immer noch nicht.«

»Gibt es nichts, was ich tun oder sagen kann, um dich zu überzeugen? Ich glaube, es wäre ein großartiger Kampf.«

»Jetzt lass sie halt in Ruhe«, mischt Noel sich plötzlich von der Seite ein, und das ist nun wirklich das Letzte, was ich gerade haben kann. Zu mir scheiße sein und dann den Beschützer spielen wollen.

»Schon gut«, presse ich zwischen zusammengebissenen Zähnen hervor und werfe einen giftigen Blick in Richtung Noel. »Du kannst mich gern herausfordern. Das haben schon ganz andere versucht.«

Schwert und Arm verwachsen miteinander. Ich stehe in der Mitte der Großen Halle, unruhige Flammen spiegeln sich auf dem glatten Marmorboden, Feuer auf Feuer. Ich nehme alles ganz genau wahr, als hätte sich meine Sinneskraft plötzlich verdoppelt. Das unruhige Bewegen von Füßen, die nicht lange stillstehen können, in den Zuschauerreihen. Das Knistern der Feuerkörbe, und ab und zu ein lauteres Krachen vom brennenden Holz. Der Gemäuergeruch, der sich mit dem Rauch der Flammen vermischt. Die steinernen Phönixe, die Emma flankieren, und ihr starrer Blick.

Alles ist da und irgendwie auch nicht. Denn ich versuche, mich nur auf diesen einen Gedanken zu konzentrieren: Das Schwert verwächst mit meinem Arm, die Hand wird zu einem weiteren Gelenk, das eins wird mit dem Griff der Klinge. Es macht meinen Arm ganz einfach länger. Es macht ihn tödlicher.

Erst jetzt blicke ich Kyara an. Sie hat das kürzeste Schwert genommen, das im Waffenständer steckte. Es ist keine zwei Ellen lang, geht nicht mehr als Bastardschwert durch.

Ich zeichne in Gedanken eine dicke, schwarze Linie um ihren Körperumriss. Mein Gegner.

Ich liebe diesen Moment vor dem Kampf.

Ich hasse es, wenn alle dabei zusehen.

Kyara verbeugt sich vor mir. Was soll das immer? Wir sind hier nicht im Königshaus.

Dann beginnt sie zu tänzeln.

Ich sehe sofort, dass sie eine ganz andere Technik hat. Ihr Schwert bewegt sich unablässig in ihrer rechten Hand, sie dreht es in kurzen, fließenden Bewegungen um sich selbst. Ein unberechenbarer Wirbel. Die linke Hand hält sie knapp vor ihrem Gesicht.

Sie hat die Knie leicht gebeugt und den Kopf gesenkt, so als würde sie mich gar nicht anschauen.

Na gut, Kyara, dann wollen wir mal sehen, ob das so ein großartiger Kampf wird.

Ich hebe das Schwert und greife an. Ein schneller, kräftiger Hieb über meine rechte Achse.

Doch anstatt wie erwartet zu parieren, stößt auch Kyara vor, sie schlägt ihre Waffe mit einem Brüllen gegen meine, sodass diese zur Seite abfälscht, und ehe ich weiß, was passiert, hat sie mit ihrer freien Hand auf mein rechtes Handgelenk geschlagen und damit meine Waffe Richtung Boden gelenkt. Übergangslos saust ihre Rechte mit dem Kurzschwert nun von oben heran, genau auf mein Gesicht zu. Scheiße!

Ich habe nur eine Möglichkeit. Ich lasse mich nach hinten fallen, fühle noch den Luftzug ihrer Waffe, bevor ich auf den Boden knalle. Ich rolle mich ab, trotzdem spüre ich den Aufprall schmerzhaft im Rücken und im Steißbein.

Kyara setzt nicht nach, sie wartet, bis ich wieder aufgestanden bin.

Hätte sie abgestoppt? In Favilla gehört es zu den absoluten Grundlagen, dass man erst mal lernt, wie man einen Schlag für die Übungskämpfe im richtigen Moment noch abstoppt. Sie kann kämpfen, aber Favillas Grundlagen hat sie noch nicht gelernt. *Hätte sie vor meinem Gesicht abgestoppt?!*

Ich atme tief durch. Schmecke Blut in meinem Mund. Ich habe geahnt, dass das hier nicht einfach wird. Aber dass sie so gut kämpft, hätte ich nicht gedacht. Ich male ein zweites Mal die schwarze Linie um ihre Umrisse. Das hilft, wenn es brenzlig ist.

Fremde Technik hin oder her – ich werde das hier nicht zu einem Abwehrkampf werden lassen. Ganz bestimmt nicht.

Ich greife wieder an. Diesmal jedoch weniger offen. Wechsele nun zu kurzen Hieben von meiner Körpermitte aus, sodass ich gleichzeitig meine Deckung besser aufrechterhalten kann.

Kyara pariert, indem sie die kräftigen Hiebe zwar blockt, aber dabei auch immer leicht zur Seite ablenkt. Manchmal stößt sie einen kurzen Schrei aus und schlägt mit ihrer freien Hand gegen meinen Unterarm, um so die Hiebe in eine andere Richtung zu lenken. Alles in schnellen, flüssigen Bewegungen, fast als würden ihre Arme ruhelos durch Wasser gleiten.

Ich höre nicht auf, sie mit Schlägen einzudecken, will sie nicht zum Angriff kommen lassen. Mein Atem geht keuchend, das Klingen der Schwerter dröhnt in meinen Ohren.

Wie kann sie nur so unglaublich schnell sein?

Jetzt macht sie einen Schritt nach vorn, ohne dabei ihre wirbelnden Bewegungen zu unterbrechen. Mir bleibt keine Wahl, ich muss einen Schritt zurückweichen. Sie rückt nach, mit Schrecken merke ich, dass längst nicht mehr sie diejenige ist, die pariert. *Ich* wehre ab. *Sie* greift an. Und sie wird immer schneller.

Völlig egal! Völlig egal, wie schnell sie ist. *Weitermachen!* Ich verlasse mich bloß auf meine Reaktionen. Es gibt nur noch uns beide und diese Schwerter, die im endlosen Strudel aufeinanderprallen.

Du kriegst mich nicht.

Aber langsam gewinnt sie die Oberhand. Meine Schläge kommen bald nicht mehr nach, mein Arm wird immer schwerer. Ich muss etwas tun! Jetzt!

Ruckartig reiße ich mein Schwert nach hinten rechts über

meinen Kopf und mache im selben Moment einen weiten Ausweichschritt nach hinten.

Da ich jetzt ohne Deckung bin, saust Kyaras Schlag direkt auf meinen Körper zu, ich biege mich nach hinten durch, sodass ich fast strauchele. Aber es reicht: Die Waffe zischt haarscharf an meiner Brust vorbei.

Jetzt bin ich an der Reihe! Ich ziehe das erhobene Schwert mit beiden Händen über meinen Kopf herab und schlage so über die linke Seite nach ihrer Schulter. Ich lege alle Kraft, die ich noch habe, in diesen einen Hieb.

Kyara reißt ihr Schwert hoch. Gerade so bekommt sie es vor meine Klinge. Doch der Block ist so unkontrolliert und mein Schlag so wuchtig, dass ihr Arm sich seltsam nach hinten dreht. Ich höre etwas reißen. Kyara brüllt auf.

Sie taumelt nach hinten, hält sich den Arm.

Sie taumelt genau dorthin, wo Noel steht.

Und so gut ich sonst alles andere im Kampf ausblenden kann, Noels Augen sehe ich ganz genau. Und wie sie mich gleichzeitig warm und kalt anschauen.

Was geht dahinter vor? Was denkt er? Verurteilt er mich wieder? Ist das jetzt ein neuer Beweis für ihn, dass ich unberechenbar bin, mir nicht zu trauen ist?

Ich hasse es, dass er mich so ansieht. Ich hasse das so sehr.

Ich warte nur noch darauf, dass Emmas Stimme erklingt und mich endlich von diesem Blick erlöst, der mich plötzlich so grausam gefangen hält. Aber jemand anderes unterbricht es.

Kyara stürzt vorwärts.

Sie führt ihren Arm, als wäre nichts gewesen. Lässt das Schwert von oben herabschnellen. Und ich bin viel zu langsam.

Es ist plötzlich, als hielten Ketten meine Hände am Boden. Ich hebe das Schwert zum Block, Kyara ändert die Richtung seitlich, schlägt unter meiner Klinge hindurch. Schmerz!

Das Schwert ist mit voller Wucht auf meinen Oberschenkel gedonnert. Ich knicke ein, und da ist auch schon die Spitze ihrer Klinge an meiner Kehle.

Ich habe verloren.

»Danke, das reicht.« Emma klatscht einmal in die Hände.

Kyara macht einen Schritt nach hinten, sie lässt die Waffe aus der Hand fallen. Schmerz zuckt über ihr Gesicht. Sie hält sich wieder den Arm. »Jetzt tut's richtig weh«, sagt sie etwas atemlos und lächelt.

Ich sehe an ihr vorbei. Die Blicke der Schüler sind bewundernd auf sie gerichtet. Nur Noel guckt immer noch mich an.

6

Favilla. Gemeinschaftsraum.

Ich taste abwesend mit der Hand über meinen Oberschenkel, ziehe scharf die Luft ein, als ich die getroffene Stelle erreiche. Kyara hat mich wirklich ganz schön erwischt.

Sie sitzt hinten bei den Würfelspielern und verfolgt interessiert den Spielverlauf. Sie selbst scheint nur noch ein paar Ringe zu haben. Ich bin mir ziemlich sicher, dass Lennart die meisten hat. Melvin gewinnt zwar auch noch häufig, aber mindestens jedes zweite Spiel geht mittlerweile an Lennart.

Jetzt würfelt Kyara, und Noel reckt die Faust nach oben. Kyara steht auf – sie ist wohl raus – und kommt in meine Richtung. Ich sollte schnell in die Schlafzelle verschwinden, für heute habe ich echt genug. Aber da ist sie schon bei mir.

»*Könige und Narren*«, sagt sie amüsiert, »ein lustiges Spiel. Aber nichts für jemanden aus Akila.«

»Mmmh.« Ich starre demonstrativ in den Gemeinschaftsraum, wo zwei Nichtzirkler angefangen haben, mit den Holzschwertern zu trainieren. Manchmal erwarte ich immer noch, Lucas dort zu sehen, wenn ich das Klingen der Übungswaffen höre.

»Du hast wirklich gut gekämpft heute«, sagt Kyara nun.
»Ach, das kannst du dir sparen.«
»Was sparen?«
Ich seufze. »Egal. Ich habe heute Abend nur wirklich keine Lust, mich zu unterhalten.«
»Hast du selten, oder?«
Ich funkele sie an. »Und wenn schon?«
»Du bist traurig.«
»Okay, ich geh dann mal«, sage ich und will aufstehen, aber Kyara hält mich zurück. »Warte. Entschuldige. Ich höre auf, zu fragen. Es fasziniert mich nur so.«
»Was fasziniert dich?«
»Dass du so gern ausweichst. In Akila sagt man immer, was man denkt und fühlt.«
»Ach so«, sage ich lahm, weil ich mich plötzlich wieder erinnern kann. Na klar!

Akila, das Land der Königsadler. Schaue Akilanern immer in die Augen. Sprich so direkt und klar wie möglich. Gib ihnen das Gefühl, du habest nichts zu verbergen. Wenn du etwas gesagt hast, rudere nicht zurück. Zeige besonderen Respekt vor deinem Gegenüber.

Ich höre die Fistelstimme meines alten Lehrmeisters Gireon ganz deutlich. Wie oft musste ich das alles wiederholen. Und wie oft habe ich es schon einfach aus Prinzip wieder vergessen. Gireon war oft der Verzweiflung nahe.

Er ist dann vor mir in seinem kleinen Lehrzimmer auf und ab gelaufen, sein olivgrüner Talar ist über den Boden geschleift, und er hat ein Buch hier gerade gerückt, eine Schreibfeder dort glatt gestrichen. »Mit Verlaub, Königliche Hoheit, aber das haben wir erst am gestrigen Tag besprochen. Und Euer Aufsatz, die Sprache … Ihr wisst um meinen größten Respekt und meine Bewunderung für Euch, Eure Hoheit, aber sie klingt zuweilen … nun ja, als würde dort einer der unteren Diener reden.«

Ich habe ihm dann meistens versprochen, mir zukünftig mehr Mühe zu geben. Aber in Wahrheit konnte mir dieser ganze Kram einfach nur gestohlen bleiben.

Kein Wunder, dass ich die Sache mit Akila nicht mehr parat hatte.

Das heißt aber auch, Kyara ist nicht dumm oder komisch – sie handelt nur nach den Sitten ihres Landes. Vielleicht habe ich sie vorschnell abgeschrieben.

»Was machst du hier?«, frage ich also. »Wie bist du hergekommen?«

»Der Zirkel hat mich abgeholt«, sagt Kyara und dann, als ich mich hektisch umschaue: »Keine Angst, keiner in Hörweite. Ich weiß, dass ich in der Hinsicht hier nicht allen Schülern gegenüber so ehrlich sein darf.« Sie macht eine Pause. »Die Männer des Brennenden Königs streiften durch Akila.«

Wenn andere von meinem Vater sprechen, kommt es mir oft vor, als sei das gar nicht er. Als würden sie von einer Figur aus einer Geschichte sprechen, einer, die zwar unheimlich ist, aber eben nur ausgedacht.

»Wir lebten auf einem kleinen, abgeschiedenen Gehöft in der Nähe von Vis Daroz«, sagt Kyara, »meine Mutter, mein Vater und ich. Wir bestellten einige Felder, mit meiner Mutter sammelte ich seltene Beeren, die zwischen den Bachmustern wuchsen. Zweimal in der Woche gingen wir auf den

Markt von Vis Daroz, boten dort unsere Erträge feil, kauften Lebensmittel, Kleidung oder Werkzeuge. Ich ging gern mit. Ich mochte das Feilschen der Händler und den Lärm auf den Straßen.«

Ich weiß nicht, ob sie ihre Geschichte vor mir noch niemandem erzählen konnte und jetzt einfach froh ist, sie loswerden zu können. Aber plötzlich ist es angenehm, jemanden einfach reden zu hören. Selbst sie.

»Es war vor einigen Wochen, abends. Wir saßen gerade beim Essen. Mein Vater hatte ein Reh erlegt, das war etwas Besonderes. Obwohl er ein großer Krieger der alten Schule war, lag ihm die Jagd nicht sonderlich.

Sie hämmerten plötzlich gegen die Tür. Bestimmt ein Dutzend von ihnen. Männer in schweren Mänteln. Schwerter hingen an ihren Gürteln und Armbrüste auf ihren Rücken. Sie fragten nicht, sie drängten sich zu uns an den Tisch, fläzten sich auf den Boden und nahmen sich von dem Essen.

Wir wussten, dass wir nicht aufbegehren durften – auch wenn mein Vater ein großer Kämpfer war, fünf Armbrüste standen gespannt an den Tisch gelehnt. Also holten wir noch Brot und Pökelfleisch aus der Vorratskammer und hofften, sie würden nach dem Essen weiterziehen.

Zu diesem Zeitpunkt dachten mein Vater und ich ja noch, es wären einfache Räuber.«

Kyara schweigt kurz, als müsse sie sich sammeln. Aber in ihrem Gesicht ist keine Regung zu erkennen. Ich merke, dass ich ihr atemlos zugehört habe. Sie ist eine gute Erzählerin. Gespannt warte ich darauf, dass sie fortfährt.

»Erst fraßen sie nur vor sich hin und pöbelten sich ab und

zu gegenseitig an. Dann ergriff der Anführer das Wort, ein kleiner, hagerer Mann mit Krähengesicht.

›Schön habt ihr's hier‹, sagte er. ›Ein richtig gemütliches Plätzchen.‹

Meine Mutter starrte auf die Tischplatte und schwieg. Das Krähengesicht wandte sich nun direkt an meinen Vater. ›Ich schätze Euch als einen Mann ein, der sich reichlich Vorräte anlegt. Als Einsiedler sollte man das.‹

Mein Vater nickte. ›Das ist richtig‹, sagte er.

Da stand meine Mutter ruckartig vom Tisch auf, ihr Stuhl schabte über den Boden. Krähengesicht verstummte, alle Blicke richteten sich auf sie.

›Ich hole noch Wein.‹ Ihre Stimme war ganz dünn, so kannte ich sie gar nicht. ›Kyara, du hilfst mir.‹

Ich folgte ihr aus dem Esszimmer in den Keller. Ich wollte schon nach der großen Karaffe Wein greifen, aber meine Mutter packte mich am Arm. Tränen glänzten in ihren Augen.

›Du musst gehen, Kyara‹, sagte sie.

Ich sah sie nur an und verstand nicht. Es hatten schon einmal bewaffnete Fremde Essen von uns verlangt, und wir hatten es ihnen gegeben, um einem Kampf aus dem Weg zu gehen. Ein zweites Mal hatte mein Vater drei Streuner umgebracht, als sie ihn herausforderten. Aber er wusste doch, dass es diesmal zu viele waren, er würde niemals einen Kampf riskieren. Mein Vater war einer der besonnensten Menschen, die ich kannte.

›Es sind Männer aus meiner Heimat‹, sagte meine Mutter, und ihre Stimme bebte. ›Es sind Männer des Brennenden Königs. Ich weiß nicht, was sie hier machen und warum sie sich als einfache Landstreicher tarnen. Aber sie werden nicht einfach wieder gehen. Sie werden uns umbringen.‹

›Mama …‹, begann ich, doch sie unterbrach mich, indem sie mir einen Brief in die Hand drückte. ›Ich werde dir jetzt den Weg zu einer Hütte im Grenzgebiet beschreiben. Dort musst du hin. Gib dem Bewohner der Hütte diesen Brief. Und erzähl ihm davon, was hier passiert ist. Erzähl ihm, dass die Männer des Brennenden Königs hier nach etwas suchen.‹

Sie schloss mich in ihre Arme und drückte mich fest, und ich musste ihr versprechen, direkt zu fliehen, ihnen nicht zu Hilfe zu kommen.

In Akila hält man seine Versprechen.

Als ich das Haus in der untergehenden Abendsonne hinter mir ließ, hörte ich schon die Kampfschreie der Männer in Leder.«

Sie schweigt. Ich habe einen dicken Kloß im Hals. Das Jubeln der Würfelspieler in der anderen Ecke des Gemeinschaftsraums kommt mir plötzlich unendlich falsch vor.

»Deine Eltern …«

»… sind mit ziemlicher Sicherheit tot.«

Wieder schweige ich. Denn was soll man dazu schon sagen? Kurz überlege ich, Kyara in den Arm zu nehmen. Aber das wäre wahrscheinlich auch unpassend.

»Es ist in Ordnung«, sagt sie. »Du brauchst dich nicht schlecht zu fühlen für mich. Es ist meine Trauer und mein Weg durch sie hindurch. Ich danke dir, dass du mir zugehört hast. Es war gut, darüber zu sprechen.«

Ich sehe sie an. Wie kann sie nur so offen darüber reden? Wir kennen uns doch gar nicht.

Ihre braunen Augen sind klar, ihr Blick ist fest und gleichzeitig erfüllt von tiefem Schmerz. Eine so ehrliche und deutliche Empfindung, die ich da plötzlich sehe, dass es mich richtig erschreckt.

Ich streiche ihr einmal vorsichtig über die unverletzte Schulter. Sie reagiert nicht. Starrt nun nach vorn in das flammende Licht des Gemeinschaftsraums.

Und so ehrlich wie ihre Trauer ist auch der Hass in ihren Worten: »Eines Tages werde ich ihm wieder gegenüberstehen. Und dann werde ich Krähengesicht töten.«

7

Favilla. Verhörzelle.

Nein.

Der Mann ohne Zunge legt die Schreibfeder zurück auf das Pult und lehnt sich nach hinten. Sein rissiger Mund sieht im düsteren Licht der Verhörzelle aus wie eine schlecht zusammengenähte Narbe.

Ich wische mir unauffällig die schwitzigen Hände an der Leinenhose ab. Immerhin, er will erst mal nichts sagen. Aber das muss nichts bedeuten.

Jon seufzt. »Ich muss zugeben, ich hatte so etwas befürchtet.«

Er sieht sich einmal im Raum um, bis sein Blick schließlich bei dem Lehrenden Edwin hängen bleibt, der an der Wand gleich neben Noel steht, die Arme hinter dem Rücken verschränkt. Neben dem Pult und den Fußfesseln, mit denen der Wissenschaftler an den Stuhl gebunden ist, ist Edwins Anwesenheit das Einzige, was sich in diesem Raum seit gestern verändert hat.

An Edwins hohem Haaransatz, der schon weit auf dem Kopf

nach hinten gewandert ist, kräuseln sich ein paar einzelne Haare. Er hat die Stirn leicht in Falten gelegt, den Mund etwas geöffnet, sodass die Lippen nicht völlig unter seinem buschigen Schnurrbart verschwinden. Ich kann den Ausdruck in seinem Gesicht nicht deuten. Angespannt? Interessiert?

»Ich möchte dir Edwin vorstellen«, sagt Jon nun zu dem Wissenschaftler gewandt. »Edwin hat keine schöne Vergangenheit hinter sich. Das haben die meisten von uns nicht. Aber Edwin hat es besonders hart getroffen.« Jon beginnt, im Raum auf und ab zu gehen.

»Edwin gehörte früher zu den Eisenwerkern. Ich schätze, du weißt das gar nicht – es würde mich jedenfalls wundern –, aber vor drei Jahrzehnten gab es einen Aufstand im Viertel der Eisenwerker. Spontan. Schlecht organisiert. Und zu viele der Männer und Frauen hatten Angst und haben sich in ihren Hütten verkrochen und abgewartet. Nicht so Edwins Eltern. Sein Vater und seine Mutter kämpften bei den Unruhen an vorderster Front. Ich glaube, du warst damals elf Jahresumläufe alt, richtig Edwin?« Er dreht sich kurz zu ihm um – Edwin nickt kaum merklich –, dann wieder zu dem Wissenschaftler.

»Wie gesagt, der Aufstand konnte sehr schnell unter Kontrolle gebracht werden. Aber der Brennende König musste ein Exempel statuieren. Das ganze Viertel wurde auf dem Hauptplatz versammelt.« Jon holt einmal tief Luft, ich hasse solche Geschichten, ich kenne zu viele davon.

»Sie haben Edwins Vater öffentlich zu Tode gefoltert. Aufgeschlitzt. Auf die Streckbank gespannt. Ich weiß nicht, was noch alles. Edwin, seine Mutter und seine beiden Schwestern mussten mit nach vorn kommen. Er stand dort auf dem Podest, direkt vor seinem Vater, und er musste alles mit ansehen.« Jon macht einige Schritte auf den Wissenschaftler zu und bleibt dicht vor ihm stehen.

»Wir wissen ja, wie unergründlich das menschliche Wesen ist … Anstatt Folterwerkzeuge wie den Tod zu fürchten, ist da etwas anderes mit Edwin passiert. Irgendetwas in ihm ist *durchgebrochen* und nie wieder zusammengefügt worden. So hat er eine seltsame Faszination für die Kunst der Tortur entwickelt. Als er damals nach Favilla kam, haben die anderen Jugendlichen ihn gemieden. Aber ich habe sein Potenzial erkannt. Ich konnte ihm so viel neues Wissen geben, das ihm bei den Eisenwerkern verwehrt geblieben wäre, ganz besonders auch über verschiedene Techniken der Marter.«

Ich schaue wieder zu Edwin, sein Gesichtsausdruck hat sich nicht verändert. Er sieht fast so aus, als lausche er der Geschichte über einen Fremden.

»Wenn ich richtig informiert bin, dann hat jeder von euch Wissenschaftlern ein Expertengebiet«, spricht Jon weiter. »Edwin ist sozusagen unser Wissenschaftler für Folter. Aber du weißt ja, ich bin kein Freund unnötiger Gewalt. Deswegen hat Edwin viel zu selten die Möglichkeit, seine Kenntnisse anzuwenden. Und er brennt wirklich geradezu darauf, endlich ein paar neue Sachen auszuprobieren.«

Jon greift in seine Hosentasche und holt einen kleinen Flakon mit grünlich schimmernder Flüssigkeit hervor. Er hält ihn Edwin hin, der das Fläschchen stumm entgegennimmt.

»Das sollte eine Ohnmacht verhindern«, sagt Jon und reibt seine Handinnenflächen an seiner Hose ab. »Wir lassen euch beide dann mal allein. Noel. Liv. Sam.«

Es ist plötzlich unheimlich still in diesem Raum. Die Wände scheinen selbst unsere Schritte auf dem Steinboden zu schlucken. Jon hält uns die Tür auf. Nacheinander treten wir in den dunklen Gang. Es tut gut, rauszukommen, mehr als gut, aber ruhiger werde ich nicht. In meiner Brust ist es ganz eng. Edwin wird dem Wissenschaftler seine Geheimnisse entlocken. *Mein* Geheimnis. Ich muss mir einen Plan zurechtlegen. Mir bleibt nicht viel Zeit!

Und dann klingt plötzlich doch ein Geräusch laut in das Schweigen hinein. Das Kratzen einer Feder über Pergament.

Jon dreht sich zum Eingang der Verhörzelle um, und ich kann ein Lächeln über seine Wangen zucken sehen. Mein Herz donnert, mein Gesicht wird heiß. Ich will nicht zurück in den Verhörraum. Ich will nicht wissen, was die Feder dort in das dünne Tierleder ritzt. Meinen Untergang?

Liv blickt sich verwirrt nach mir um, als sie Jon folgt und ich noch immer vor der Schwelle stehe, es einfach nicht schaffe, reinzugehen. Die eklige, stickige Luft dort drin. Ich werde da nicht atmen können. Ich werde mich so oder so verraten, egal, was er schreibt.

Abhauen geht jetzt aber auch nicht.

Ich trete vor, stelle mich neben Liv und entziffere die Buchstaben auf dem Pergament über Kopf. Das ist kein großes Problem, lesen habe ich schließlich schon mit fünf Jahresumläufen gelernt.

Die Handschrift ist zittrig, aber gleichzeitig fein.

Nehmt den Folterer weg. Ich habe Euch ein Angebot zu machen.

Jon schaut zu Edwin, der eine kräftige Zange in der Hand hält, dann schüttelt er den Kopf. »Edwin muss leider hierbleiben. Aber wenn wir beide uns jetzt schnell einigen, wird dir nichts passieren. Du hast mein Wort.«

Der Wissenschaftler nimmt die Feder wieder in die Hand, und in mir gefriert alles.

Was ist das Angebot?

Aber eigentlich ist ja klar, was seine mächtigste Information ist. Ich werfe einen hastigen Blick zum Ausgang. Noel hat die Tür geschlossen und steht daneben wie ein unbestechlicher Wachmann. Er kommt mir plötzlich fast wie ein Feind vor. Ich atme gepresst durch die Nase. *Ruhig bleiben, Sam, irgendwie ruhig bleiben!*

Das Kratzen der Feder schabt auf meinen Zähnen.

Ich habe eine entscheidende Information für Euch. Alles, was ich dafür von Euch verlange, ist mein Leben. Und ich werde nicht gefoltert.

Jon lächelt freudlos. »Ich denke doch, dir ist klar, dass das auf die Relevanz der Information ankommt. Falls du uns jetzt die Tatsache mitteilen willst, dass eine geheime Bibliothek existiert, in der unendliches Wissen versammelt ist, dann bringt uns das zum Beispiel wenig voran, wie du sicher verstehen wirst.«

Wenn der Wissenschaftler überrascht ist, lässt er es sich auf jeden Fall nicht anmerken. Er presst die Lippen aufeinander und taucht die Feder in das Tintenfass. Die Flüssigkeit wirkt schwarz statt blau.

Das ist nur eine von vielen Sachen, die ich weiß.

Und jetzt sieht er kurz hoch. *Zu mir?* Oder bloß zufällig in den Raum?

Aber Ihr werdet verstehen, kleiner Mann, dass ich mit diesen Sachen haushalten muss.

»Ich hoffe, *dir* ist bewusst, dass du dich nicht in der besten Position zum Verhandeln befindest.« Jon wirft erneut einen Blick nach hinten zu Edwin, bevor er wieder den Wissenschaftler fixiert. »Aber gut, ich will mitspielen. Gib mir folgende Information, und dein Überleben ist fürs Erste gesichert.« Jon hält kurz inne, spricht die nächsten Worte sehr langsam und deutlich. »Wie komme ich zu der geheimen Bibliothek?«

Der Mann ohne Zunge blickt unverändert geradeaus, an Jon vorbei.

Wir warten, die Zeit dehnt sich, Edwin verlagert sein Gewicht mit einem Rascheln von einem Fuß auf den anderen. Der Wissenschaftler schluckt. Schließlich beginnt er zu schreiben.

Ich weiß es nicht.

Urplötzlich ist Jon bei ihm und donnert mit der Faust auf das Pult, sodass das Tintenfass beinahe umkippt.

»Das reicht!« Sein Kopf ist dicht vor dem des Wissenschaftlers. »Als ob ich nicht wüsste, dass du genau dorthin fliehen wolltest. Wenn du nur hättest abhauen wollen, wäre Noctuán deine Wahl gewesen. Oder Akila. Aber du hättest dafür niemals freiwillig die Pässe des Nordgebirges gewählt. Du solltest dir wirklich gut überlegen, wie du mit mir umgehst.«

Das rechte Augenlid des Wissenschaftlers zuckt. Ihm muss klar sein, dass er Jon nun nicht länger hinhalten kann. Er greift wieder nach dem Federkiel.

Es gibt einen verdeckten Durchgang. Ich werde Euch den Weg aufmalen. In den nächsten Tagen könnten noch einige der anderen Wissenschaftler für kurzzeitige Nachforschungen dorthin gebracht werden. Aber danach sollte der Weg für Euch frei sein.

Jon antwortet nicht.

Das ist die Wahrheit. Ich schwöre es.

»Gut.« Jon dreht sich um und macht einige langsame Schritte auf die Steinwand zu. »Edwin. Du bringst unseren Gast zurück in seine Zelle.«

Edwin nickt stumm, beugt sich hinunter und löst mit gezielten Bewegungen die Fußfesseln des Wissenschaftlers vom Stuhl.

Der schaut erst ihn an, dann fährt sein Blick einmal über unsere Gesichter. Er stockt nicht einen Moment bei mir. Da ist kein Lächeln, keine hochgezogene Augenbraue, nichts.

Er hätte es zu seinen Gunsten verwenden können. Er hätte etwas andeuten können. Aber das hat er nicht, nicht mal im Ansatz. Ich muss mich getäuscht haben, er weiß nichts von mir. Er ist einfach ein knochiger Mann, der Angst hat, nichts weiter. Nur ganz allmählich lässt dieses drückende Engegefühl in meiner Brust nach. Mit jedem Atemzug wird es besser.

Der Wissenschaftler steht auf, und Edwin schiebt ihn grob an der Schulter vorwärts.

»Edwin«, sagt Jon.

Die beiden bleiben stehen.

»Die Zange.«

Edwin zögert, dann löst er ein kleines, silbernes Werkzeug von seinem Gürtel und legt es Jon in die Hand.

»Danke. Wir sehen uns«, sagt Jon.

Als Edwin daraufhin den Wissenschaftler an uns vorbeischiebt, streift dessen schmaler Körper mich leicht an der Schulter. Kurz kriecht eine Gänsehaut von dort über mich hinweg. Dann ist er endlich verschwunden.

Nachdem Noel die Tür wieder zugeschoben hat, warten wir darauf, dass Jon spricht.

Der Internatsleiter steht vor dem Tisch mit den Folterwerkzeugen, bewegt sich kein Stück.

»Ihr wisst, welche Tragweite diese Informationen haben«, sagt er schließlich und dreht sich zu uns um. In seinen Augen funkelt es, und sein Hals ist angeschwollen. »Wir stehen kurz davor, den größten Erfolg in der Geschichte Favillas zu verzeichnen. Es ist schon mehr als zwei Wochen her, dass wir das Rätsel gelöst haben, und doch ist unsere Suche nach Hinweisen auf den Thronfolger bislang ergebnislos geblieben. Aber in dieser Bibliothek können wir sie finden. Da bin ich mir ganz sicher. Nach wie vor dürft ihr diese Informationen mit niemandem teilen. Ihr wisst, dass die Lehrerschaft und auch der Zirkel mein Vertrauen besitzen. Aber die jüngsten Erfahrungen haben mir gezeigt: Es ist nicht unbedingt falsch, gewisse Informationen in kleinerem Kreis zu halten.« Er wartet einen Moment, bevor er weiterspricht. »Kann ich mich auf eure Verschwiegenheit verlassen?«

Er sieht uns einzeln an. Nacheinander nicken wir ihm zu. Er hätte sagen können, was er wollte, ich hätte wahrscheinlich bei allem fest und entschlossen genickt. Fast will ich lachen vor Erleichterung.

Der Wissenschaftler hat kein Wort über mich geschrieben, und Jon zieht mich weiterhin ins Vertrauen. Mein Geheimnis scheint noch immer sicher zu sein.

Jon entlässt uns, und ich gehe zusammen mit Liv den Weg zurück.

Dass Noel bestimmt extra noch einen Moment geblieben ist, damit er nicht mit uns gehen muss, versetzt mir zwar einen Stich, aber für diesen einen Moment ist es egal. Jetzt gerade ist alles einfach nur ein bisschen leichter.

In der Schlafzelle lasse ich mich auf mein Bett plumpsen und atme durch. Die Luft hier in der Zelle kommt mir so frisch vor wie selten in Favilla.

Ich drücke die Hüfte hoch, um meine Hose auszuziehen. Halte inne.

Moment.

Was war das für ein Geräusch?

Ein Knistern, ein Rascheln, wie von einem kleinen Stück Pergament.

Mein Herz donnert los.

Ich richte mich auf. Ganz langsam greife ich in meine Hosentasche und ziehe einen Fetzen heraus.

Die Schrift ist fein. Aber kein bisschen zittrig.

Und wir beide, Prinzessin, reden morgen Nacht vor meinem Kerker weiter. Komm allein.

8

Favilla. Gänge.

Die pockennarbige Wache war langsam und träge.

Ich hätte sie nicht umbringen müssen. Aber es war der Mann, der Liam getötet hatte.

Ich weiß nicht mehr, was in diesen Momenten durch meinen Kopf ging. Nur an dieses Brennen erinnere ich mich. Dieses brennende Verlangen, es zu tun. Er hatte Liam, den Koch, aus dem Turm gestoßen.

Mörderin.

Durch mein Fenster bin ich im Dunkeln hinab in einen der kleinen Innenhöfe geklettert. Es war eiskalt draußen, und in den Fugen zwischen den Pflastersteinen hielten sich noch letzte Reste aus festgetretenem Schnee. Ich trug meinen Lederbeutel links am Körper, den Dolch hielt ich in der rechten Hand. Bereits nach wenigen Metern spürte ich das braune Arbeitergewand, das ich aus einem der Lager geklaut hatte, unangenehm im Nacken scheuern. Eigentlich nicht schlimm, aber in dieser Nacht machte es mich fast wahnsinnig. Mir reichten schon mein wild donnerndes Herz und die weichen Knie.

Die pockennarbige Wache stand einige Schritte seitlich vom

breiten Ausgang des Hofes, den Körper in Richtung des großen Platzes gerichtet, der sich davor erstreckte. Weil der Hof in sich abgeschlossen war, rechnete er nicht damit, dass jemand dort hinauskommen könnte. Er schien müde zu sein, sein Kopf war leicht nach vorne gesenkt.

Ich bin mir mittlerweile sicher, dass ich auch so an ihm vorbeigekommen wäre. Ich hätte mich nach links wenden und im Schatten verschwinden können. Er hätte es nicht gemerkt. Stattdessen ging ich nach rechts und schlich mich an ihn heran. Ich hielt mich dicht an der Steinmauer, und die Hand mit dem Dolch zitterte so sehr, dass ich Angst hatte, ich würde ihn jeden Moment ganz einfach fallen lassen. Dann war ich bei ihm.

Ich hätte gedacht, dass es viel schwieriger ist. Dass die Haut vielleicht so etwas wie Widerstand leistet. Aber die Klinge fuhr beinahe sanft in seine Kehle. Er sah noch zu mir hoch. Er sah noch mein Gesicht, bevor er röchelnd auf die Knie sackte und schließlich seitlich auf den Boden kippte.

Ich weiß nicht mehr, was in diesen Momenten durch meinen Kopf ging. Aber ich fürchte, ich habe den Augenblick genossen.

Mörderin.

In Ebene Drei ist es ganz still. Ich hoffe, ich habe die richtigen Abzweigungen genommen. Ich war noch nie in den Verliesen, aber von der Verhörzelle aus kann es nicht mehr weit sein. Die habe ich wiedergefunden. Jetzt brauche ich ein bisschen Glück.

Meine Schritte sind ganz ruhig. Aber die Blendlaterne in meiner Hand zittert. Ich kann nichts dagegen machen.

Die Schatten flimmern unruhig über die Wände. Hier sind

sogar noch einmal mehr der spitzen Felsen. Sie tauchen aus der Finsternis auf wie dunkle Gestalten, und ich muss aufpassen, dass sie mir nicht gegen das Schienbein oder die Schulter rempeln auf ihrem Weg durch die Finsternis.

»Hallo?«

Ich fahre zusammen, fasse nach dem Messer an meinem Gürtel. Bleibe dann unwillkürlich geduckt. Es kam von rechts aus dem Gang. Und ich kenne die Stimme.

»Hallo? Ist da wer?«

Es ist Johanna. Sie klingt blass, seltsam abwesend, aber es ist doch unverkennbar sie. Sie muss das Licht gesehen haben. Hastig schließe ich die Klappe der Blendlaterne. Ich dachte, Jon hätte sie bloß vom Unterricht befreit oder sie bereits woanders eingeplant. Aber was zum Henker macht sie *hier*?

Ich zögere. Dann schleiche ich im Dunkeln vorwärts in den Gang, aus dem ihre Stimme kam. Ich taste nach der Wand. Keine Wand. Kein Stein, sondern etwas anderes. Ich taste weiter. Jetzt rieche ich auch das Eisen. Es sind lange Gitterstäbe, die sich dicht aneinanderreihen. Ich fühle den Rost auf ihnen wie tote, abfleddernde Haut.

Mein Herz legt an Fahrt zu.

Ich habe die Verliese erreicht.

Vorsichtig taste ich mich weiter an den Gitterstäben entlang. Kein Schritt darf zu hören sein. Vorwärts.

»Bitte ...«

Johannas Stimme ist jetzt ganz nah. Ich löse mich von der Gitterwand. Schleiche noch ein paar Schritte ins Schwarz. Drehe mich dann dahin, wo ich sie vermute, versuche, so leise wie möglich zu atmen.

»Ich weiß nicht, wo ich bin …«

Johanna muss direkt vor mir hinter dem Kerkergitter stehen. Ich schlucke. Aber das ändert nichts an dem fetten Kloß, den ich im Hals habe.

Was soll ich machen? Ich kann sie nicht befreien. Ich kann mich noch nicht mal zu erkennen geben. Aber sie hört sich so verzweifelt an, so … *verloren*. Warum ist sie hier? Soll sie etwa bis zum nächsten Austausch hier unten bleiben? Oder hat sie sich gegen Favilla gestellt?

Ich kneife die Augen einmal ganz fest zusammen.

Tut mir leid, Johanna.

Dann schleiche ich weiter ins Dunkel. Ich fange erst nach einigen Dutzend Schritten wieder an, mich an den Gitterstäben zu orientieren. Lasse nun den Kontakt nicht mehr abbrechen, damit ich nicht die Orientierung verliere. Meine Hand wird allmählich taub vom kalten Eisen.

Plötzlich hören die Stäbe auf, ich taste ins Leere.

Ich fasse nach, einmal, zweimal. Etwas weiter rechts sind sie wieder zu spüren. Es muss hier eine Abzweigung geben. Die Verliese sind anscheinend viel größer, als ich gedacht habe.

Ich überlege nur kurz. Wenn ich den Kontakt zum Gitter verliere, kann ich es vergessen, irgendwie wieder zurückzufinden. Das ist klar. Also nehme ich die Abzweigung nach rechts, so bleibe ich wenigstens am Gitter.

Ich dachte, mein Herz wird irgendwann vielleicht wieder langsamer. Wird es nicht. Mit jedem Schritt, den ich durch die nach rostigem Eisen riechende Dunkelheit mache, scheint es schneller zu werden.

Wer oder was ist noch in diesen Verliesen?

Und finde ich wirklich den Weg zurück?
Was ist, wenn …

In der Finsternis greift eine Hand nach mir. Sie klammert sich fest um meinen Unterarm. Ich stoße einen unterdrückten Schrei aus. Schlage mit Wucht zu und haste nach hinten, keuche.

Aus der Dunkelheit vor mir ist kein Laut zu hören, vielleicht atmet da jemand, aber in meinem Kopf hallt nur mein wilder Herzschlag wider.

Auch von Johanna einen Gang weiter kommt nichts mehr. Mit tauben Fingern schiebe ich die Blende der Laterne hoch und befreie ein schwaches, schummriges Licht, das sich durch die Dunkelheit bis zu den Gitterstäben frisst.

Der Mann ohne Zunge hat seine Hände um die Eisenstangen gelegt. Seine Pupillen sind groß. Hinter ihm streckt sein Schatten sich an der Wand empor, dünn und riesig, wie ein Skelett mit endlos langen Gliedmaßen.

Er greift nach hinten, um mir dann einen Pergamentfetzen entgegenzuhalten. Zögernd trete ich vor, schnappe schnell nach dem Zettel wie ein scheues Tier, das sich Futter abholt.

Ich weiß natürlich, dass er mir hier nichts anhaben kann. Aber der Schreck sitzt mir noch immer in den Gliedern, macht alles ganz waberig.

Ich stelle die Lampe vorsichtig auf dem Boden ab. Ich halte mir das Pergament vors Gesicht, um es zu lesen.

Gut, dass Ihr gekommen seid, Prinzessin. Ich schlage einen Handel vor: Ich werde Euer Geheimnis wahren, und dafür werdet Ihr mir etwas aus der Bibliothek bringen.

Ich beiße die Zähne aufeinander, lasse den Zettel sinken. »Und wenn sie es längst wissen?«, zische ich. »Wenn es mich überhaupt nicht interessiert, was du ihnen erzählst, weil es keine Bedeutung für mich hat? Hast du mal daran gedacht, dass ich nur hier bin, weil ich etwas von *dir* will?«

Er greift wieder nach hinten, Tintenfass und Feder hat er für das Zeichnen der Karte bekommen. Wenige Wörter reichen.

Lassen wir die Spielchen.

Ich schweige. Starre ihn nur wütend an, während seine Narbenlippen sich zu einem höhnischen Grinsen verziehen.

Ich spüre plötzlich das Gewicht des Messers an meinem Gürtel. Er hätte keine Chance. Eine plötzliche Bewegung nach vorn, mit der ich seine Hand packe, ihn ans Gitter heranziehe und ihm den Dolch in die Kehle ramme. Ich weiß, wie leicht und wie schnell es geht. Nicht einmal schreien würde er.

Mörderin.

Ich wünschte, ich könnte es. Er hat das wehrlose Mädchen vor der Türschwelle umgebracht, ohne zu zögern. Ich zerquetsche die beiden Schnipsel in meiner Hand. *Ich wünschte so sehr, ich könnte es.*

»Was soll ich dir mitbringen?«, flüstere ich dann mit trockener Kehle.

Es ist eine einzelne Pergamentrolle. Sie befindet sich ganz oben im Kuppelring, Sektion »Phönixe«. Sie ist betitelt mit »Die Magie der Feuerwende«. Bring sie mir. Lass das Siegel unberührt.

Ich sehe von dem Zettel hoch. Nicke. Natürlich. Er weiß genau, was er sucht. Er wusste auch genau, dass er es bekommen würde, als er Jon den Weg zur Bibliothek versprochen hat. Jetzt schreibt er noch einige schnelle Worte auf ein Pergamentstück.

Fürchte nicht die Wächter. Sie werden es merken.

»Was …«, beginne ich leise, doch da lässt mich ein Geräusch herumfahren. Es klang wie aufeinanderschlagendes Metall. Irgendwo weiter den Gang hinunter. Auf einmal kommt von rechts wieder die verlorene Stimme Johannas.
»Hallo …? Wer ist da …?«
Hastig schiebe ich die Blendlaterne zu. Sehe im letzten Lichtschimmer noch einmal das höhnische Gesicht des Wissenschaftlers, der mir zunickt – ich kenne meinen Auftrag.
Ein Licht nähert sich von links. Wo soll ich hin?
Ich weiche nach hinten zurück. Der Gang könnte sehr lang und gut einsehbar sein. Das ist zu riskant. Ich muss mich hier verstecken! Irgendwo, wo die Person nicht hinschaut.
Ich taste nach den Gitterstäben hinter mir, dort muss es auch eine Zellentür geben. Da! Ich hab sie. Genau gegenüber der Wissenschaftlerzelle. Ich versuche vorsichtig, sie zu bewegen. Sie scheint tatsächlich nicht abgeschlossen zu sein. Das Licht kommt näher.
»Bitte …«, ruft Johanna verzweifelt. »Ich fürchte mich …«
Ich schiebe die Kerkertür ganz langsam nach hinten, kneife die Augen schon halb zusammen, weil sie bestimmt gleich laut quietschen wird wie ein Hilfeschrei. Aber nur ein ganz leises, knarrendes Geräusch ist zu hören. Glück gehabt!

Ich quetsche mich durch den schmalen Spalt und weiche sofort bis an die Wand der Zelle zurück. Sie ist eisig kalt. Und der rostige Eisengeruch ist hier drinnen noch viel intensiver, beißt richtig in der Nase. *Johanna ist schon seit Tagen hier unten.*

Nun höre ich auch Schritte. Lang und ruhig. Schritte, die an einem vorbeiwandern, wenn man in der Großen Halle sitzt und die Augen geschlossen hat, um sich auf einen Punkt in seinem Inneren zu konzentrieren. Dort nerven diese Schritte mich nur. Hier lassen sie das Blut in meinen Adern gefrieren. *Roland.*

Vor der Zelle des Wissenschaftlers macht er halt. Er trägt eine Öllampe in der Rechten, die er nun auf den Boden stellt. Dabei rasselt irgendwo ein Schlüsselbund.

Das Licht ist nur leicht gedimmt, es scheint bis zu mir hinüber. Ich schiebe mich so weit in die Ecke der Zelle wie möglich. Aber ich bin locker noch zu erkennen. Wenn Roland auch nur einen Blick in meine Richtung wirft, wird er mich sofort sehen. Und dann? Holt er einfach den Schlüsselbund hervor und schließt zu?

Von allen Vorstellungen, was mit mir passieren könnte, wenn er mich entdeckt, ist das plötzlich die allerschlimmste. *Er darf sich nicht umdrehen.* Ich bewege mich kein Stück. Roland reicht dem Wissenschaftler einen kleinen Beutel und einen Trinkschlauch.

»Hast du über deine Entscheidung nachgedacht?«, fragt Roland nach einer Weile.

Der Wissenschaftler schreibt etwas. Dann reicht er ihm ein Pergament, auf das Roland nur einen kurzen Blick wirft, bevor er es zusammenknüllt und einen Schritt nach vorn macht.

»Ich kann mich nur wiederholen. Es sind bloß einige Sitzungen. Es ist zu deinem Besten. Jede andere Prozedur wird deutlich schmerzhafter. Jonathan hat dir doch Edwin bereits vorgestellt.« Roland rückt noch ein Stück näher ans Gitter, steht jetzt ganz dicht vor dem Wissenschaftler. »So muss es nicht kommen. Jon akzeptiert auch meine Variante. Du könntest dir viel Leid ersparen.«

Roland wartet. Aber der Wissenschaftler macht keine Anstalten, etwas aufzuschreiben. Er bleibt einfach vor ihm am Gitter stehen. Sein Gesicht wird von Rolands Hinterkopf verdeckt. Und ich weiß nicht warum, aber ich bin ganz sicher, dass er den Lehrenden höhnisch anlächelt.

Ruckartig wendet Roland sich ab, steht jetzt seitlich zu mir. Mein Gesicht erstarrt. Ich halte die Luft an. Recke plötzlich irritiert den Kopf vor – es sieht aus, als läge ein violetter Schimmer in Rolands Augen.

Jetzt nimmt er die Öllampe vom Boden. Er hält noch einen Moment inne. *Komm schon, komm schon, komm schon.*

Dann geht er. Sieht nicht zu mir. Ich traue mich wieder, zu atmen.

Das war knapp.

Ich blicke der großen, geraden Gestalt hinterher. Er hat die andere Richtung genommen, dorthin, wo ich hergekommen bin. Nun biegt er nach links zu Johanna ab. Und wieder ist da dieser seltsame violette Schimmer in seinen Augen.

Ich kann nicht anders. Ich muss hinterher.

Ich zwänge mich im Dunkeln aus der Zelle. Habe das Gefühl, der Wissenschaftler starrt mir selbst durch die Schwärze hinterher.

»Wer ist da …?«, dringt jetzt wieder Johannas Stimme durch die Verliese. »Bitte … ich weiß nicht, wo ich bin.«

Ich komme zu der Abzweigung, und da sehe ich Roland. Er steht etwa dort, wo Johanna sein müsste. Öffnet eine Zelle. Ja. Es ist Johanna – er holt sie heraus. Sagt mit ruhiger Stimme irgendetwas, was ich nicht verstehe. Dann führt er sie an der Schulter vorwärts, weg von mir.

Ich schleiche los, aber schon sind sie an der nächsten Biegung und verschwinden nach rechts. *Schnell hinterher!*

Doch als ich die Abzweigung erreiche, sind sie schon wieder ein Stück weiter entfernt. Kurz zögere ich noch, dann halte ich an.

Ich kann ihnen unmöglich durch dieses Labyrinth folgen, ohne entdeckt zu werden oder mich zu verlaufen. Wütend presse ich die Lippen aufeinander, aber ich darf jetzt nicht weiter. Es wäre völlig leichtsinnig. Ich habe mein Glück heute schon genug strapaziert.

Roland hat eine weitere Abzweigung erreicht. Ich sehe, wie er nun mit Johanna um die Ecke verschwindet.

Er blickt sich ein letztes Mal um. Und es kommt mir vor, als würden seine Augen jetzt nicht mehr nur violett schimmern, nein, als würde es aus ihnen leuchten.

9

Favilla. Zirkelraum.

»Es gibt Neuigkeiten.« Jonathan scheint uns alle gleichzeitig im Blick zu haben, obwohl er gerade keinen von uns direkt anschaut. Links neben mir steht Liv, rechts Moa. Die roten Phönixtränen auf dem Rücken unserer schwarzen Kutten kommen mir wie immer seltsam vor. *Es ist die Farbe des Königs.*

Alle Zirkler sind versammelt, und das ist nicht mehr so selbstverständlich wie früher. Durch die Nachtwachen und die Aufräumarbeiten nach dem Wassereinbruch haben die größeren Versammlungen in letzter Zeit kaum noch stattgefunden. Vielleicht wird das jetzt wieder anders. *Aber wenn du nicht gut aufpasst, dann bist du nicht mehr dabei.*

Hoffentlich wählt Jon mich überhaupt für die Mission zur Bibliothek aus und schickt nicht einfach Liv oder jemand anderen los.

Die Magie der Feuerwende. Was ist das für eine Schrift, die ich dem Wissenschaftler mitbringen soll? Sie muss von unglaublichem Wert für ihn sein, wenn er dafür die Flucht aus dem Königshaus riskiert hat. Ich streiche mir eine Haarsträhne aus dem Gesicht. Vielleicht ist es besser, wenn ich gar nicht weiß, was drinsteht.

Am Ende der Reihe, gleich neben Noel, wartet Kyara. Mich überrascht das nicht, sie hat mir ja schließlich schon erzählt, dass sie vom Zirkel weiß. Aber ein paar der anderen wirken ziemlich verwundert.

Jetzt stehen wir also wieder hier, und wieder in anderer Zusammensetzung. So viel hat sich gewandelt, seit ich in den Zirkel aufgenommen wurde, und trotzdem scheint es mir oft, als seien diese Treffen nichts als Spiegelbilder voneinander, in denen man nur Kleinigkeiten verändert hat.

Manchmal, wenn ich hier stehe, stelle ich mir dann vor, der Lauf der Dinge geht zwar voran, aber diese Sitzungen sind alle in der gleichen Ebene aus Zeit, irgendwie herausgehoben. Hinter den neun Türen sind keine Einzelzellen und Gänge, sondern nur weitere Zirkelräume, in denen Jonathan seine Gedanken mit uns teilt, vor uns auf und ab schreitet, und dort durch die Türen geht es wieder zu neuen Zirkelräumen mit Jonathan und uns darin. Wie das endlose Geflecht von Bienenwaben.

»Zuerst möchte ich Kyara im Zirkel willkommen heißen.« Jon macht eine ausladende Geste zu Kyara, die ihn mit vorgerecktem Kinn beobachtet. »Wie ihr sicher schon mitbekommen habt, kommt Kyara aus Akila. Ich möchte, dass ihr all ihre Fragen ausführlich beantwortet. Sie besitzt mein uneingeschränktes Vertrauen. Sie hat mehr Grund, gegen den Brennenden König zu kämpfen, als irgendjemand sonst hier.«

Kyara nickt, wie um Jons Worten Nachdruck zu verleihen. Ich schlucke. Die Männer meines Vaters haben ihre Eltern umgebracht. Manchmal fühle ich mich dafür ganz komisch schuldig. Und dann sage ich mir wieder, was für ein Schwachsinn das ist.

Ich muss plötzlich an meine Mama denken. Ihr sanftes Lächeln, wenn sie neben mir saß und mir die Haare zu Fischgrätenzöpfen geflochten hat. Ich würde es nicht ertragen, wenn ich wüsste, dass sie tot ist. Ich würde es ganz einfach nicht aushalten.

»Dann habe ich noch eine weitere gute Nachricht«, spricht Jon weiter. »Garred hat uns bestätigt, dass die Königswachen den Wald mittlerweile komplett verlassen und ihr Lager abgebaut haben. Favilla hat also auch diese Prüfung überstanden.«

Ich kann mir irgendwie immer noch nicht vorstellen, dass es jetzt Garred ist, der Nacht für Nacht mit Nelson zu den Totenlichtern reitet und die Verstorbenen einsammelt. Natürlich, er wurde ausgewählt, weil er am ehesten als der alte Totengräber durchgeht – er ist in einem ähnlichen Alter, und niemand wird sich so genau an das Gesicht unter der schwarzen Kapuze erinnern, schließlich scheut man diese krumme Gestalt auf der Kutsche. Außerdem besitzt Garred Jons Vertrauen. Aber trotzdem kann ich mir einfach niemand anderen als Totengräber vorstellen als eben den Totengräber.

»Allerdings beunruhigen mich auch die neuesten Aktivitäten der Krone.« Jon löst sich von der Brunnensäule und beginnt nun, vor uns auf und ab zu gehen. »Männer des Brennenden Königs streifen getarnt als Räuberbanden durch Akila, möglich, dass sie auch in Noctuán und Aeris unterwegs sind. Sie suchen nach irgendetwas ... oder *irgendjemandem*. Es könnte sich ebenfalls um den Thronfolger handeln. Noch fehlen uns klare Hinweise. Aber Sam und Noel brechen morgen zu den Wissensverwaltern auf. Und ich bin mir sehr sicher, dass sie mit entscheidenden Informationen zurückkehren werden.«

Jon sagt das völlig selbstverständlich, und ich weiß auf einmal überhaupt nicht, wie ich mich fühlen soll. Anscheinend habe ich die Chance, den Auftrag des Wissenschaftlers zu erfüllen. Das ist gut. Aber muss es gerade Noel sein, der mitkommt?

Und das Unnötigste ist, dass ich, als ich jetzt zu ihm rübersehe, plötzlich wieder so komisch aufgeregt bin. Ein bisschen wie vor unserer zweiten Nachtwache, dieses unruhige kribblige Gefühl, das ich damals noch nicht richtig deuten konnte. Doch da war es schön. Jetzt ist es bescheuert. Ich weiß ja, wie Noel zu mir steht. Sowieso, er kann mich mal.

Aber im flackernden Licht der Fackeln sehen seine Züge so nachdenklich aus. Seine Haare fallen ihm ein bisschen vors Gesicht, und am liebsten würde ich sie zurückstreichen, so wie er es bei sich auch manchmal macht.

»Was bedeutet das jetzt für uns? Gut möglich, dass es für uns bald um alles geht. Das heißt, wir müssen *noch* intensiver trainieren als sonst. Ich möchte, dass ihr täglich im Rondell Reitpraxis sammelt. Ich möchte, dass ihr euch mental darauf vorbereitet, dass ihr jeden Tag zu einer entscheidenden Mission aufbrechen könntet. Bald könnte sich alles wenden.«

Ich blicke über die Gesichter. Liv. Moa. Callan. Ellinor. Estelle. Melvin. Noel. Kyara. Und mir kommt es plötzlich vor, als stünde da noch jemand in der Reihe. Ein knochiger Mann mit kahlem, unförmigem Schädel, der mich angrinst.

Bald könnte sich alles wenden.

»Sam, du bleibst bitte noch einen Moment«, sagt Jon am Ende der Sitzung. Ich halte an und warte mit durchgestrecktem Rücken, dass die Zirkler den Raum verlassen. Noel geht an mir vorbei, so wie alle anderen, während jetzt einmal ich diejenige bin, die bei Jon zurückbleibt.

»Morgen Nacht werdet ihr beide losreiten«, beginnt Jon. »Einige Stundenstriche vor Sonnenaufgang, sodass ihr das Gebirge bei Tageslicht durchqueren könnt. Ihr kennt es nicht annähernd gut genug, als dass ihr dort bei Nacht entlangwandern könntet. Ich hoffe, euer Auftrag ist klar: Ihr haltet euch an den von dem Wissenschaftler beschriebenen Weg. Ihr macht die Bibliothek ausfindig. Und dann kehrt ihr schleunigst zurück, ohne weitere Vorstöße zu unternehmen. Es würde mich wundern, wenn der Brennende König seine größte Quelle der Macht nicht gesichert hat. Geht unter keinen Umständen ein Risiko ein – wir werden die Bibliothek dann gemeinsam erschließen.«

Ich nicke. *Das werden wir leider nicht, Jon.*

»Ich bin mir ganz sicher, dass du diesem Auftrag gewachsen bist«, fährt er fort. »Du gehörst zu meinen besten Zirklern. Ich vertraue dir. Weitestgehend. Auf dem Friedhof habe ich euch zunächst noch beschatten lassen. Aber in dieser Mission seid ihr allein.« Er macht eine Pause. »Ich vertraue auch Noel. Aber sollte er sich allen Erwartungen zum Trotz gegen Favilla wenden, dann gehe ich davon aus, dass du auch in einer solchen Situation das Richtige tun wirst. Das, wofür wir hier kämpfen, ist viel größer als wir selbst.«

Seine Augen bleiben auf meine gerichtet, und er wartet wahrscheinlich darauf, dass ich nicke.

»Ich verstehe«, sage ich.

Jon schmunzelt kurz, wird dann wieder ernst. »Du weißt, dass ich Noel dasselbe sagen werde?«

Diesmal nicke ich. Tue so, als würde mich das überhaupt nicht beeindrucken … Aber was wird Noel tun, wenn er bemerkt, dass ich noch andere Pläne als nur das Finden der Bibliothek habe?

»Danke, Sam. Du kannst nun auch gehen. Ruh dich gut aus.«

Jon wendet sich ab, schreitet nach hinten zu den Regalen. Ich verliere keine Zeit und schiebe die Tür auf, die mich in die Gänge Richtung Sarkophag führt.

»Und noch etwas, Sam.«

»Ja?«

Es hätte mich auch irgendwie gewundert, wenn nicht noch was gekommen wäre. Und trotzdem verfehlt es seine Wirkung nicht, meine Brust schnürt sich enger zusammen.

»Ich möchte, dass ihr diese Gefühlsangelegenheit klärt. So etwas kann sehr störend sein.«

10

Favilla. Stallungen.

Ich mag die Stallungen. Das ruhige Atmen der Pferde, ihren ganz eigenen Geruch und wie einige von ihnen neugierig den Kopf aus den Boxen strecken.

Aber wenn es nach mir gegangen wäre, hätte Noel sie auch abholen können.

»Ich bin gleich fertig«, sagt Estelle flüchtig zur Begrüßung.

Seit der Begrabene Corwyn angefangen hat, zu hinken, wird Estelle immer wieder für die Pferde eingeteilt. Sie hat ein Händchen dafür, aber glücklich scheint sie damit trotzdem nicht zu sein. Ich weiß natürlich, warum: Als Pferdepflegerin kommt man nicht nach draußen. Und wenn man nicht nach draußen kommt, kommt man nicht zu Leo.

Ich schaue auf Estelles rote Locken, ihre helle, fast porzellanartige Haut, die viel besser zu einer Königstochter passt als meine.

Es ist verrückt, dass ich so viel von ihr weiß und wir uns trotzdem so schrecklich fremd sind seit diesem Moment in unserer Schlafzelle, als sie sich an mein Gesicht erinnert hat, ihr klar wurde, dass sie mich bei der Haremszeremonie schon mal gesehen hatte. Seit sie weiß, wer ich bin, und versucht hat, dieses Wissen zu ihrem Vorteil zu nutzen.

Estelle schiebt dem kleinen, braunen Pferd mit der Blesse, deren Form mich an ein schmales Zepter erinnert, die Trense ins Maul und lässt anschließend den Kopfriemen des Zaumzeugs sanft über die Ohren gleiten.

»Du reitest auf Buntig«, sagt sie. Dann zeigt sie zu dem großen, rötlichen Pferd, das in der Box nebenan steht und schon vollständig gesattelt ist. »Noel kriegt Ginger.«

Als sie merkt, dass ich sie nur verdutzt anschaue, zuckt sie mit den Schultern.

»Ich habe ihnen Namen gegeben.« Sie rückt die Riemen an der Kinngrube zurecht. »Sie hören mittlerweile auch ein bisschen drauf.«

Jetzt macht sie noch irgendwas am Sattel, und ich stehe da und vergrabe unschlüssig die Hände in den Hosentaschen. Weiß nicht, wohin mit mir.

Das Schweigen wird nur unterbrochen von gelegentlichem Schnauben oder dem klackernden Bewegen der Pferde gegen die Holzverschläge. Es dehnt sich immer weiter. Früher konnte ich so was problemlos aushalten, warum geht das jetzt nicht mehr?

Und was macht Estelle da so ewig lange am Sattel?

Endlich ist sie fertig, dreht sich zu mir um. Sie blickt einmal kurz in mein Gesicht. »Du weißt schon, dass du jetzt ein bisschen besser auf dich aufpassen musst als sonst«, sagt sie leise.

»Hm?«

»Na ja, dieses Mal hast du keine Bogenschützin dabei, die dir den Rücken frei hält.« Sie räuspert sich nervös und spielt an einer Haarsträhne herum.»Ich finde immer noch, du könntest mir helfen, von hier abzuhauen. Nachdem ich dein Geheimnis niemandem verraten habe.« Nun schaut sie mir direkt in die Augen, ich erwidere ihren Blick. »Aber ich fände es so oder so schlimm, wenn du nicht zurückkommen würdest. Ich wollte nur, dass du das weißt.«

»Okay.« Ich versuche, ganz gelassen zu klingen. *Hättest du mich nicht so unter Druck gesetzt. Hättest du mir nicht gedroht, allen mein Geheimnis zu verraten. Wer weiß, vielleicht hätte ich dir geholfen*, denke ich, spreche aber nichts davon aus. Und trotz allem würde ich sie für ihre Worte eben am liebsten umarmen. Es ändert nichts daran, wie heikel meine Lage ist. Doch es fühlt sich einfach so gut an, das zu hören.

»Ich hab ja noch Jons Liebling dabei«, sage ich. »Mir wird schon nichts passieren.«

Sie verzieht das Gesicht. »Es ist gerade nicht leicht für euch beide, oder?«

»Er ist ein Arschloch.« Ich greife abwesend in Buntigs Mähne, lasse meine Hand durch die struppigen Haare fahren.

»Weißt du was?« Estelle setzt einen verschwörerischen Blick auf, während sie Ginger aus der Box holt und mir die Zügel der beiden Pferde in die Hand drückt. »Wir hassen Noel ab jetzt.«

Und nun müssen wir beide kurz lächeln.

Der Nebel schlingt sich um Füße und Hufe. Die dunklen Gräberreihen, die kahlen Bäume, die grauen Statuen ragen in die Finsternis wie auf einem düsteren Gemälde, das sich nicht um einen Pinselstrich verändert hat, seit ich das letzte Mal hier war.

Es ist komisch, wieder auf dem Friedhof zu sein. Zwar musste ich hier ja auch schon bei der Austauschmission lang, aber da war Noel nicht dabei.

Wir führen unsere Pferde an den Zügeln, wollen erst im Wald aufsteigen. Die großen Satteltaschen an ihren Flanken, gefüllt mit Proviant, Seil, Blendlaterne, Verbandszeug, einem kleinen Kupfertopf und etwas Hirse, bewegen sich hin und her. Die Hufe der Tiere knirschen auf dem Kies.

Am Himmel ist kein Stern zu erkennen. Als wir am Grabstein des Gründers vorbeilaufen, kommen die Erinnerungen an den Kampf gegen Mirlinda kurz hoch, doch ich schiebe sie sofort weg. Ich betrachte Noel von der Seite, die Lederrüstung lässt ihn noch kräftiger wirken. Was denkt er über all das?

Er guckt starr geradeaus, nur ab und zu wirft er einen misstrauischen Blick nach unten zu dem Nebel, der an unseren Knöcheln zerrt. Ich weiß, dass er ihn nicht mag. Wenn unsere Informationen stimmen, können im Nordgebirge urplötzlich gigantische Nebelbänke auftauchen, die alles um einen herum in ein undurchdringliches Weiß verwandeln. Da könnte noch einiges auf ihn zukommen.

Das ist eine Sache, die ich eigentlich immer toll an ihm fand – dass er nie so tut, als wäre für ihn etwas okay, wenn es ihm in Wirklichkeit Sorgen macht. Er hat das irgendwie nicht nötig.

Jetzt wünschte ich allerdings, dass er wenigstens ein bisschen so tun würde, als wäre es in Ordnung zwischen uns. Einfach, damit diese Reise nicht ganz so unerträglich wird.

Hätte er doch nur das Tuch meiner Mutter nie gefunden! Dann wäre jetzt alles anders. Vielleicht würden wir jetzt Hand in Hand hier entlanggehen, ich wüsste, dass er mich küsst, bevor wir auf die Pferde steigen, und nichts könnte uns aufhalten. Aber so ist es eben nicht. Denn anstatt mich auf jeden Moment dieser Reise zu freuen, würde ich am liebsten aufs Pferd steigen, ihn einfach abhängen und die Bibliothek alleine finden.

Ich hätte das Tuch nie mitnehmen dürfen. Habe ich wirklich geglaubt, ich könnte es ewig verstecken?

Aber ja, eigentlich habe ich das. Ich hätte ja schließlich nie damit gerechnet, einem Menschen mal so nahezukommen wie Noel. Und sowieso bereue ich trotz allem nicht, das Tuch damals um meine Hüfte gebunden zu haben.

Was meine Mutter wohl dazu sagen würde, dass ich mich verliebt habe?

Sie hat mich immer davor gewarnt, romantische Gefühle für jemanden zu entwickeln. So hat sie es genannt. Sie sagte mir: »Romantische Gefühle sind das Gefährlichste, was dir passieren kann. Du bist eine Tochter des Brennenden Königs, und er wird deinen Gemahl aussuchen. Wenn du etwas für jemand anderen empfindest, dann bist du nicht sicher vor dir selbst. Liebe kann so stark sein, dass sie uns zu sehr leichtsinnigen Dingen treibt. Aber für dich ist sie aussichtslos.«

Ich kann verstehen, warum sie so gedacht hat. Sie wusste genau wie ich, wozu mein Vater fähig war. Sogar noch viel besser als ich. Er kam sie noch immer oft besuchen. Es heißt, er nimmt die Maske dabei ab. Ich dagegen sah ihn nur bei den seltenen Familienmahlzeiten und bei den öffentlichen Anlässen: den blutroten Umhang, das glänzende Metall der Maske. Die Unbeweglichkeit, wenn er Feinden des Hofes oder selbst seinen eigenen Söhnen während des *Brennenden Turniers* beim Krepieren zusah. Waren da jemals Regungen unter der Maske? Ob ich ihm *ähnlich sehe*?

Ich habe nie nach den Antworten gefragt. Ich habe nie mit ihm gesprochen, ja, Estelle war ihm in diesem einen Moment bei der Haremszeremonie viel näher, als ich es je war. Und vielleicht ist das auch besser so. Ich habe meine Mutter nicht um seine Gesellschaft beneidet ... und ihre Einstellung zur Liebe sehr ernst genommen.

Ihre warnenden Worte sind sogar noch ein paarmal durch meinen Kopf gegeistert, als Noel und ich uns nähergekommen sind. Aber was sollten sie schon gegen meine Gefühle ausrichten.

Außerdem bin ich mir auch ganz sicher, dass meine Mutter selbst verliebt war. In Ria, eine der Kammerzofen. Aber sie darauf anzusprechen, wäre zwecklos gewesen, das hätte sie nie zugegeben. Fast kann ich ihre Stimme hören, wie sie mir versichert, dass sie meinen Vater mehr als alles andere liebt, oder so einen Mist, weil diese Lüge schon längst ein Teil von ihr geworden war. Ich fand es schrecklich, wenn sie so sprach, und ihre Miene dabei nicht das kleinste Anzeichen von Zweifel zeigte. Ich kannte doch ihr Angstgesicht.

Einmal in der Woche hatte ich *Mutterzeit*. Ich durfte dann gegen Abend drei Stundenstriche bei meiner Mama verbringen. Ansonsten sah ich sie nur in der Öffentlichkeit – bei Mahlzeiten, Empfängen oder anderen besonderen Anlässen.

Die *Mutterzeit* hatte nichts zu tun mit den endlosen Lektionen in Sprachkunst, Geografie, fremden Kulturen, Reiten, Tanzen, Etikette. Sie hatte nichts zu tun mit dem Vorgezeigtwerden vor Diplomaten und Herzögen, als wäre ich ein Pokal, ja, oder eher noch ein Stück Vieh. Nicht einmal mit den endlosen Stunden, in denen ich bloß in meinem Gemach saß und an die Wandteppiche starrte, so, als hätte man mich dort einfach vergessen, hatte die Zeit in den Gemächern meiner Mutter auch nur das Geringste zu tun.

Diese drei Stunden bei ihr waren so anders als der Rest meines Lebens, dass ich manchmal das Gefühl hatte, sie gehörten gar nicht dazu.

Meine Mama war immer unheimlich sanft und liebevoll, ich brauchte sogar jedes Mal kurz, um mich überhaupt daran zu gewöhnen.

Wir saßen zusammen auf ihrem riesigen Himmelbett, oft roch es penetrant nach den weißen Blüten der Calla-Pflanze, die in goldenen Vasen überall im Raum verteilt waren. Die kamen von meinem Vater. Aber obwohl ich das wusste, konnte ich nicht anders, als diesen Duft zu mögen. Er gehörte zu ihr.

Wir saßen also dort, meine Mama erzählte mir Geschichten, sie zeigte mir, wie man Nester flicht, die wir dann ungesehen wieder auseinanderbauen mussten, oder wir machten uns über die besonders unangenehmen Wachen und Diplomaten lustig.

Die Zeit verging jedes Mal schnell. Ich habe sie immer mit dem Gefühl verlassen, eine Geschichte zu wenig gehört, nicht genug Umarmungen eingefordert zu haben.

Nur ab und zu wurden unsere kostbaren Stunden getrübt, kam ihr Angstgesicht durch; in den Wochen vor dem *Brennenden Turnier* ein paarmal öfter.

In der Öffentlichkeit war sie dann wieder ein ganz anderer Mensch. Das habe ich mir vielleicht ein bisschen abgeguckt. Am Tag des Turniers saß sie so unerschütterlich und kalt auf den Rängen, als könne nichts sie schockieren. Selbst als mein Bruder Claudius, einer der möglichen Thronfolger, im Turnier ums Leben kam, bewahrte sie die Fassung.

Es kam unvorhergesehen. Das Brennende Turnier findet einmal in jedem Jahresumlauf statt und dient dazu, die jungen Prinzen, die noch Thronfolger werden könnten, zu »selektieren«. Der ganze Hof versammelt sich und sieht ihnen bei ihrem verzweifelten Kampf zu. Tote gibt es immer, die Frage ist nur, wer und wie viele.

Claudius hatte in den *Drei Disziplinen* – Kraft, Weisheit, Wille – sehr viele Punkte gesammelt. Daher stellte man in der *Letzten Disziplin* sieben Tränke für ihn hin, und nur einer davon war vergiftet. Seine Chancen standen also gut.

Für mich war Claudius schon immer ein Fremder gewesen, weil alle Königskinder von Geburt an weitestgehend getrennt voneinander aufwachsen – und trotzdem verfolgt mich immer noch, was dann passierte.

Zielstrebig griff er nach dem dritten Trank und stürzte ihn in einer einzigen schnellen Armbewegung hinunter. Einen Moment lang passierte gar nichts. Ich wollte schon erleichtert aufatmen, da griff er sich plötzlich an den Hals, schnappte röchelnd nach Luft. Man konnte es bis oben auf den Palisaden hören. Es war, als brenne sich auch bei mir ein Gift durch den Hals. Ich kniff die Augen zusammen, und er schlug mit einem dumpfen Geräusch auf den Steinboden des großen Hofes auf.

Als ich danach zu meiner Mutter blickte, konnte ich keine Regung in ihrem Gesicht erkennen. Doch ich wusste, wie sehr es sie zerriss.

Ich reibe mir die Arme. Wir haben das Friedhofstor erreicht. Hinten rechts erkenne ich Garreds Gestalt, wie er die Massengräber ausschaufelt, um neue Leichen hineinzuwerfen. Er sieht nicht mal hoch. Nur Nelson schaut zu uns herüber, schnaubt.

Noel zieht die Gitterflügel auseinander. Sie quietschen schrill.

Wir durchqueren das Tor, steigen schweigend auf unsere Pferde und reiten in die Nacht.

11

Lavis. Nordgebirge.

Ich kann nicht anders, ich muss anhalten und staunen.

Vorsichtig, aber bestimmt ziehe ich an den Zügeln. Buntig stoppt sofort, ich springe aus dem Sattel und laufe ein paar Schritte über die hellen Steine zu einem kleinen Felsvorsprung, von dem ich weit über die Landschaft blicken kann.

Ich kenne die Sonnenaufgänge über den Bergen durch die Fenster der Königsburg. Aber das ist überhaupt gar kein Vergleich.

Die Sonne selbst ist erst als Schimmer unten an der Bergkuppe zu erkennen. Doch ihr rötliches Licht strahlt gegen die Wolken, die aussehen wie ein zweites Gebirge aus Feuer. Und es strahlt über das Auf und Ab der kargen Felsenödnis, über die weiten geschwungenen Täler, die steilen Felsen und die Geröllhügel, über die knorrigen Bäume, die schräg durch das Gestein brechen und dann ihre Äste trotzdem nach oben Richtung Himmel recken, über die weite Ebene in der Ferne, wo die Dörfer der Minenarbeiter, der Getreidebauern, der Jäger, der Holzfäller vor der dunklen Waldmasse wie Tintenspritzer auf einem Pergament verteilt sind.

Und die Sonne taucht das alles in dieses warme, morgendliche Glühen.

Ich werfe einen kurzen Blick nach hinten. Noel ist nicht von seinem Pferd gestiegen, hat neben Buntig angehalten. Er schaut mich ungeduldig an, und das finde ich jetzt fast am schlimmsten von allem bislang. Es ist Noel. Er wäre doch eigentlich der Erste, der losrennt, um jede Einzelheit in sich aufzusaugen.

Was muss seine Enttäuschung über mich mit ihm gemacht haben? Wie sehr muss es ihn getroffen haben, zu denken, ich hätte ihm nur etwas vorgemacht? Dabei stimmt es doch gar nicht, es stimmt kein bisschen. Wenn er das nur verstehen würde!

Trotzdem fühle ich mich plötzlich unglaublich armselig. Die ganze Zeit habe ich nur darauf geachtet, wie schlecht es mir geht, aber wie sehr *ihn* das vielleicht auch mitnimmt, habe ich die meiste Zeit über vergessen.

Was kann ich nur tun? Wie soll ich ihn davon überzeugen, dass mein Kampf für Favilla und, viel wichtiger, meine Gefühle echt waren? Ich weiß nicht, wie man Misstrauen tötet.

Wir haben während des ganzen Weges nur das Nötigste geredet, in knappen, kühlen Sätzen. Meistens bin ich vorangeritten, als die erfahrenere Reiterin war das sinnvoll.

Ich gehe jetzt eilig zurück zu Buntig – die Freude am Sonnenaufgang ist mir ordentlich vergangen – und schwinge mich wieder in den Sattel. Ich drücke meine Fersen in die Flanken des Pferds. Stumm reiten wir hintereinander den schmalen Bergpfad entlang.

Ich starre leer auf die spitzen Dreiecksohren von Buntig, die von Zeit zu Zeit ohne erkennbaren Grund zucken, und ab und zu legt er sie für einen kurzen Moment an. Ich fühle mich nur noch beschissen. Einfach wegen allem.

Stundenlang reiten wir so weiter. Die Hufe schlagen rhythmisch auf die Steine, es geht hoch und wieder abwärts, manchmal schlingen sich die Wege eng an den felsigen Abhängen vorbei, dann wieder fällt oder steigt die Landschaft in alle Richtungen nur ganz leicht. Das Einzige, was hier wächst, sind borstige Grasbüschel und Moos, das sich vereinzelt auf den Steinen breitgemacht hat. Irgendwo weiter weg entdecken wir einige Bergseen, aber es ist unglaublich schwer, die Entfernungen und Größen hier abzuschätzen. Man denkt, die nächste Anhöhe ist jeden Moment überwunden, und dann geht es doch weiter und weiter bergauf. Oder man steht plötzlich direkt vor einer Abbruchkante, obwohl man dachte, dort sei noch viel Platz.

Beim Weg orientieren wir uns so gut es geht an der Skizze, die der Wissenschaftler uns angefertigt hat. Unser Pergament ist allerdings eine von Jon erstellte Abschrift.

Wir versuchen, uns möglichst weitab der zwei großen Pässe zu bewegen. Sie sind in diesem Bereich die zwei einzigen Grenzübergänge von Lavis, und entsprechend gut hat mein Vater sie gesichert. Auf den Wegen selbst sind laut dem Wissenschaftler nur wenige Patrouillen unterwegs, aber das muss nichts heißen.

Immer wieder lassen wir wachsame Blicke über die weiten Bergmuster schweifen. Doch außer einigen Steinböcken, die an einem flachen Hang gegenüber unserem Weg die langen, gebogenen Hörner gegeneinanderdonnern, und ein paar Krähen, die über die Steine stelzen oder aufflattern, wenn wir zu dicht an ihnen vorbeikommen, sind nur wir stummen Reiter hier unterwegs.

Zwischendurch machen wir eine kurze Rast an einer Quelle, die aus dem Stein sprudelt, lassen die Pferde verschnaufen, dann geht es weiter. Buntig ist sehr viel ruhiger und gefügiger als Ginger. Immer wieder muss Noel die Stute kurz zur Ruhe bringen. Bei den schmalen Pfaden, die dicht an einem Abhang vorüberführen, bleibt ihm dann nichts anderes übrig, als abzusteigen und sie am Zaumzeug zu führen.

Gegen Nachmittag erreichen wir eine kleine Senke, durch die ein klarer Bergbach sprudelt. Auf der rechten Seite erheben sich die Berge wie mächtige Festungsanlagen, auf der anderen Seite, etwa zwanzig Schritte weiter entfernt vom Bach, endet das Plateau abrupt in einer steilen Abbruchkante. Dort geht es bestimmt hundert Schritte nach unten.

Zwischen den blassen Steinen hat sich das Gras hier überall durchgekämpft, sogar ein paar knospende Bäumchen sprießen auf unserer Seite des Bergbachs hervor und bieten uns vielleicht noch etwas zusätzlichen Schutz gegen den Wind, der im Laufe des Tages immer mehr zugenommen hat.

Weil wir schließlich schon vor Sonnenaufgang aufgebrochen sind und Ginger außerdem von Stunde zu Stunde widerspenstiger geworden ist, beschließen wir, für heute hier zu bleiben und morgen in aller Frühe weiterzureiten.

Wir steigen ab und führen die Pferde zum Bergbach. Der Boden ist dort uneben, immer wieder ziehen sich tiefe Risse durch den Stein. Ich mache mit Buntig einen kleinen Bogen, sodass wir leichter zum Wasser kommen, gierig senkt er seinen

Kopf und trinkt in großen Zügen. Ich tätschle ihm die Flanke, das hat er wirklich verdient.

Hinter mir wiehert Ginger aufgebracht. Ich sehe mich um.

Sie will sich nicht von Noel vorwärtsführen lassen. Der streckt vorsichtig die Hand nach ihrem Hals aus, aber Ginger reißt wütend den Kopf nach oben, steigt jetzt beinahe. Noel hält sie an den Zügeln unten, er muss sich richtig dagegenstemmen, so viel Kraft hat Ginger.

»Führ sie ein Stück zurück, dann beruhigt sie sich«, sage ich und deute zur Abbruchkante.

»Alles gut, ich mach das schon«, sagt Noel nur und kämpft weiter mit der aufgebrachten Stute.

»Du …«

»Sam«, sagt Noel jetzt etwas schärfer. »Sie wird gerade nur noch nervöser. Lass mich hier mal bitte einfach machen.«

»Na gut«, sage ich. »Dann mach halt.«

Ich führe Buntig vom Wasser weg und binde ihn an. Noel hat Ginger immer noch nicht beruhigt.

Mit meinem Lederbeutel in der Hand stapfe ich los, suche mir eine paar größere Felsen, hinter denen Noel mich nicht sehen kann. Ich ziehe mir die Hose runter, nehme das blutige Stofftuch heraus und pinkle. Dass ich ausgerechnet jetzt meine Monatsblutung haben muss, war klar. Ich wische alles sauber und spüle mir die Hände mit dem Wasserschlauch ab.

Ganz toll – jetzt war ich schon wieder so schnippisch. Aber wenn er die gesamte Zeit über kein Wort redet und dann nur unfreundlich ist, schaffe ich es einfach nicht, nett zu sein. Auch wenn ich mir das fest vorgenommen habe. Das bin ich eben leider nicht.

Als ich mir die Hose zugeknöpft habe, atme ich noch einmal tief durch. Noel sollte mir egal sein. Ich habe viel wichtigere Dinge vor mir. Wenn ich den Auftrag des Wissenschaftlers nicht erfüllen kann, bin ich verloren. *Darauf* sollte ich mich konzentrieren. Ich sollte ...

In diesem Moment höre ich Ginger wiehern, mindestens doppelt so laut wie vorher. Aber es klingt jetzt nicht mehr bockig, sondern panisch. Als ob sie kurz davor ist, durchzugehen.

Und dann ertönt ein tiefes Knurren, dazu mischt sich eine raue, brutale Stimme: »Na, wen haben wir denn hier? Das könnte interessant werden.«

Scheiße! Das kann doch jetzt nicht sein! Mein Herz donnert los. Wir hätten vorsichtiger sein müssen.

Hastig schleiche ich mich am Felsen entlang vorwärts. Als ich zwei kleinere Blöcke erreiche, ducke ich mich dahinter und spähe von dort hervor.

Die beiden Königswachen stehen mit gezückten Schwertern vor Noel. Zwei dunkle Silhouetten in der Abendsonne. Und neben ihnen noch eine dritte Silhouette – kleiner, gedrungener. Aber sie ist diejenige, die mir die Gänsehaut jetzt bis über den Nacken jagt. Es ist einer der Kampfhunde, die die Schwarzgewändler für den König züchten.

Das tiefe Knurren vibriert bis in meine Kehle, dabei bin ich bestimmt zwanzig Schritte entfernt.

Noel ist tief in die Knie gegangen und hält seine Axt vor sich ausgestreckt, zeigt damit direkt auf den Kampfhund. Ginger ist nach hinten zurückgewichen, wiehert und schnaubt nervös. Weiß anscheinend nicht genau, ob sie abhauen soll oder lieber nicht.

Der linke – der größere der beiden Wachmänner – blickt Noel an und lacht freudlos auf. »Du willst doch nicht ernsthaft mit uns kämpfen, Junge.« Er zuckt einmal locker mit dem Schwert in seiner Hand. »Na los, leg die Waffe weg, und ich sage Kojote, dass er dir nichts tun soll.« Drohend macht er einen Schritt nach vorn, und auch der Kampfhund rückt vor, fängt jetzt an, wild und schnappend zu bellen. Ich kann die kräftigen Muskeln unter dem schwarzen Fell zucken sehen. »Und du solltest uns außerdem ganz schnell sagen, wo dein Begleiter abgeblieben ist. Sonst wird das hier wirklich nicht angenehm für dich ausgehen.«

Ich presse die Lippen aufeinander. Klar, sie haben Buntig gesehen und sofort verstanden, dass Noel nicht allein unterwegs ist. Was soll ich machen?

Überraschen kann ich sie nicht mehr.

Vielleicht müsste ich jetzt blitzschnell irgendeinen klugen Plan aushecken. Aber ich habe keinen.

»Beruhigt euch mal, ich bin hier drüben«, sage ich laut und löse mich aus der Deckung des Steinblocks. Ich hoffe, sie merken nicht, wie sehr meine Knie zittern, als ich in aller Seelenruhe zu Buntig gehe und mir den Schild hinten vom Sattel nehme.

Buntig trippelt hin und her, in seinen Augen flackert es nervös. Ich wende mich der Königspatrouille zu.

Der Kampfhund feindet ununterbrochen Noel an, die beiden Wachmänner allerdings haben den Kopf verwundert zu mir gedreht.

»Es ist ein Mädchen«, sagt der kleinere und klingt dabei, als zweifele er an dem, was er da sieht. Sein Gesicht ist kantig und sein stoppliger Bart ungleichmäßig. Beide Wachen stecken in schweren Plattenrüstungen. Auf der Brust prangt das schwarze Phönixsymbol.

»Das sehe ich, Mann«, meint der große, dann schaut er zu Noel und wieder zu mir zurück. »Was in aller Welt habt ihr hier oben zu suchen? Und wo habt ihr Waffen und Pferde her?« Er zögert. »Ihr seid doch nicht etwa ungesehen über einen der Pässe gelangt?«

Ich gehe auf die beiden zu. Stelle mich vor sie. Sie ragen vor mir auf wie Mauern aus Metall.

Das Zittern in meinen Knien lässt sich kaum noch kontrollieren. Das müssen sie einfach bemerken. Aber ich tue so, als wäre da nichts.

Und selbst die undurchdringlichste Mauer hat ihre Schwachstellen.

Ich starre dem Großen gelangweilt in die Augen, hebe mein Schwert ein Stück. »Was ist? Kommen wir zur Sache?«

Ich kenne die Männer meines Vaters. Ich weiß, dass es darauf hinauslaufen wird. Warum warten?

Die Wachen schauen einander für einen Augenblick an, dann prusten sie los vor Lachen.

»Hey, Kleine …«, beginnt der Große, der Rest des Satzes geht in einen reißenden Schmerzensschrei über. Ich ziehe das Schwert blitzschnell wieder aus seiner Achselhöhle hervor. Blut schwappt in großen Stößen hinterher.

Sein Kopf knickt nach unten, und er starrt fassungslos auf seine Schulter, unter der die rote Flüssigkeit hervorschießt und sich über den glänzenden Brustpanzer ergießt.

»Kojote«, röchelt er noch, bevor er auf die Knie sinkt.

Der Kampfhund fährt herum. Er fletscht die scharfen Zähne, die Lefzen zucken. Dann stößt er sich kraftvoll vom Boden ab. Er schießt auf mich zu wie eine Bestie aus Nacht.

Ich reiße den Schild hoch. Der Aufprall ist noch heftiger als erwartet, stößt mich zu Boden. Das Tier ist über mir, ich lasse mein Schwert fallen und presse dem Hund mit beiden Händen den Schild entgegen, um ihn mir vom Leib zu halten, seine langen, spitzen Zähne vor meinem Gesicht schnappen geifernd nach mir, er drückt sich vorwärts, meine Muskeln halten das nicht länger aus, er kommt immer näher, schnappt zu, schnappt zu.

Mit einem wilden Schrei stoße ich den Schild nach vorne und werfe die Bestie zurück. Ich kralle nach meinem Schwert am Boden, aus den Augenwinkeln sehe ich, wie Noel von der anderen Wache mit kräftigen Hieben nach hinten getrieben wird. Ich krabbele rückwärts, will mich aufrichten. Aber da stürzt das Tier schon wieder auf mich zu, ich reiße die Arme hoch, zu langsam. Schmerz!

Ich schreie.

Die Zähne des Kampfhundes haben sich tief in meinen rechten Oberarm gebohrt. Er fasst nach, sodass sie noch tiefer einsinken, ich schreie lauter, es bringt mich fast um den Verstand.

Ich brülle, trümmere ihm die Kante meines Schildes ins Gesicht. Er jault auf, lässt los, weicht zurück. Doch da reißt er das Maul schon wieder auf, Rot trieft von seinem Gebiss, er stößt sich ab, will erneut seine Zähne in meinem Fleisch versenken.

Ich weiß nicht, wie ich es schaffe, den verletzten Arm zu heben, aber ich steche mit dem Schwert zu, genau in den geöffneten Rachen, der auf mich zuschießt. Ein Röcheln, der Kampfhund drängt vorwärts, wirft mich erneut zu Boden. Ich schreie, aber lasse das Schwert nicht los, egal, wie sehr mein Arm wehtut. Der Hund zuckt noch mal nach vorn. Einmal. Zweimal. Und dann erschlafft das Tier.

Aber ich darf nicht verschnaufen, höre das wilde Schlagen von Metall auf Metall. Ich wälze mich unter dem schweren Körper des Hundes hervor, springe auf. *Noel!*

Die Wache hat ihn weit zurückgedrängt, bis hinter den Bach und auf das Plateau vor der Abbruchkante. Noel schwingt seine Axt schnell und kraftvoll, aber die Wache lässt ihn keinen Treffer landen. Sein Gegner ist ein hervorragender Kämpfer, das sehe ich sofort, in den Bewegungen liegt eine gruselige Routine.

Er wird Noel töten.

Ich sprinte los. Die Wache treibt ihn weiter zurück, weiter auf die Abbruchkante zu. Nur noch ein paar Schritte. *Ich bin gleich da.*

In diesem Moment setzt die Wache zu einem kräftigen Hieb an. Die Wucht des Schlages lässt Noel nach hinten prallen, sodass er genau an der Kante um sicheren Stand ringt. Ich kann von hier aus sehen, wie er die Augen aufreißt.

Die Wache setzt nach, will ihn hinabstoßen, doch Noel schafft es irgendwie, einen seitlichen Satz nach vorn zu machen. Die Wache hat zu viel Schwung, ihre Rüstung ist zu schwer. Sie strauchelt noch kurz, reißt Noel am Arm herum, kann sich daran nicht halten – stürzt.

Aber ich atme nicht auf! Noel. Die Wache hat ihn zu weit mitgezerrt, er steht jetzt an der Kante und ist im Begriff, nach hinten wegzukippen. Er rudert mit den Armen in der Luft, wankt nach hinten, ich schaffe es nicht rechtzeitig. *Oh nein! Das darf nicht ...*

Da plötzlich findet er die Balance, macht einen Schritt nach vorn. Noch einen.

Er steht sicher auf dem Felsen, und nun bin ich bei ihm, halte vor ihm an.

Ich starre in sein Gesicht, er atmet schwer. Er wäre fast hinuntergefallen. Um Haaresbreite wäre er in den Abgrund gestürzt.

Einen Moment stehen wir noch schwer atmend voreinander. Dann geht's nicht mehr anders. Ich schnelle vor und schlinge meine Arme um ihn. Drücke meinen Kopf gegen seine Schulter, höre den Herzschlag unter dem Leder pochen. Er wäre fast in den Abgrund gestürzt.

Noel erstarrt. Aber ich lasse nicht los. Er kann mich mal.

Nach einer Weile merke ich, wie er langsam seine Arme hebt und sie vorsichtig um mich legt, bedacht darauf, meine Bisswunde nicht zu berühren. Er vergräbt sein Gesicht in meinen Haaren und drückt mich. Ein bisschen zu fest, ein bisschen, als wolle er mich zerquetschen. Aber das ist okay so. In seinen Armen ist alles okay.

12

Lavis. Nordgebirge.

Ein Ast bricht krachend im Lagerfeuer, die beiden Enden rutschen ab bis ganz zum Boden, wo sie in die Asche tauchen. Die Flammen malen ein orangerotes Muster in der Finsternis. Sie zittern, als ein Windstoß durch die versteckte Senke fährt.

»Geht's?«, fragt Noel, während er vorsichtig meinen Verband löst.

Ich verziehe keine Miene und nicke. Dabei brennt die Wunde fürchterlich. Ich schaue lieber nicht hin, sondern starre weiter in die Flammen. Versuche, mich auf seine rauen Hände zu konzentrieren, die meine Haut berühren und Linien aus angenehmer Wärme hindurchjagen.

Noel betrachtet eine Weile meinen Arm, dann trägt er mit zwei Fingern die Gelbpaste auf, und sofort riecht es kräftig nach Minze.

Einmal kann ich es nicht verhindern, kurz zu zucken und die Luft einzuziehen, ansonsten bin ich ganz still.

»Die Wunde sieht so weit gut aus«, sagt Noel. »Aber bist du dir wirklich ganz sicher, dass wir morgen nicht doch lieber umkehren sollten?«

»Ganz sicher«, sage ich und blicke ihn flüchtig an. Im Schein des Lagerfeuers sehen seine Haare aus wie gemeißelt.

Er leckt sich über die Lippen. »In Ordnung. Wir können ja morgen früh noch einmal gucken, wie es dir geht.«

Noel legt den Verband wieder um meinen Arm, setzt sich dann neben mich, an meine unversehrte Seite. Unsere Schultern berühren sich, wir schauen ins Feuer, und mein Herz pocht kräftig. Ich merke, wie sehr ich das vermisst habe – seine Nähe zu spüren, einfach beieinander zu sein. Die Wärme der Flammen lässt mein Gesicht, meine Hände glühen.

»Ich liebe diese frische, saubere Luft vom Frühling«, sagt Noel irgendwann. »Noch ist es viel zu kühl, aber trotzdem merkt man schon, dass der Frühling kommt.«

»Das Lagerfeuer raucht.« Ich werfe ihm einen Blick von der Seite zu und lächle verhalten. »Das ist alles.«

»Nein, ich meine die ganze Zeit schon, seit wir draußen sind.«

»Ja, man hat total gemerkt, wie du's genossen hast«, sage ich ironisch.

Jetzt lächelt Noel matt und lässt einmal gespielt schuldig den Kopf sinken. »War nicht so mein Tag heute.«

Wir gucken wieder ins Feuer, alles andere um uns herum dunkel, tiefschwarz dunkel, nur der Himmel etwas heller mit Sternpunkten, als hätte jemand Stiche in ein schwarzes Tuch gesetzt, hinter dem es hell leuchtet. Sie wirken hier viel größer, und die Sternbilder, die mir Gireon von den Zinnen der Königsburg aus gezeigt hat, sind viel besser zu erkennen.

Noel lehnt sich nach hinten, stützt sich auf seine Hände.

Ich schmiege mich ein bisschen enger an ihn. Sein Körper ist warm, hier bin ich richtig.

»Denkst du manchmal an den Totengräber? An Mirlinda?«, fragt er nach einer Weile.

Ich überlege kurz. »Ja, manchmal«, sage ich dann. »Es ist eigentlich völlig verrückt, aber auf eine ganz seltsame Weise finde ich trotzdem, dass der Totengräber unser Freund gewesen ist.«

»Ja.« Noel nickt. »Irgendwie schon.« Er greift hinter sich nach ein paar Ästen, bricht sie durch und legt sie aufs Feuer. Funken stieben auf und tanzen für ein paar Augenblicke in der Luft, bevor sie verglühen. »Über Mirlinda habe ich auch schon mit Jon gesprochen. Er meinte, sie sei zwar stets etwas undurchsichtig gewesen, aber gerade sie schien immer hinter der Idee von Favilla zu stehen.«

Ich zögere, picke mit spitzen Fingern ein Ascheblättchen von seinem Leinenhemd, das dorthin gestoben ist.

»War es komisch für dich, so nah an deiner alten Heimat entlangzureiten?« Irgendwie will ich plötzlich das Thema wechseln.

Noel springt zum Glück darauf an: »Schon ein bisschen. Ich habe überlegt, was wohl passieren würde, wenn ich jetzt einfach nach Hause reite und an die Tür klopfe.«

»Und?«

»Keine Ahnung. In meinem Kopf ist es dort immer noch genauso, wie als ich abgeholt wurde. Meine Mutter hat genau gleich viele graue Haare, die Falten auf der Stirn von meinem Vater sind gleich tief, und Claire lacht noch genauso wie damals.« Er schweigt einen Moment. »Ich habe Angst davor, dass ich mich irre, weißt du?«

Ich nicke. »Ja, das verstehe ich. Ich kenne das.«

Wieder schweigen wir. Ich merke, dass Noel mich beobachtet. Aber nicht so wie die letzten Tage, sondern mit diesem aufmerksamen, interessierten Friedhofswachpostenblick, den ich so mag.

»Du hast mir mal von deiner Mutter erzählt«, sagt er dann behutsam. »Denkst du oft an sie?«

Ich nicke erneut. »Ich will mir einfach nicht vorstellen, dass es ihr noch schlechter gehen könnte als ohnehin schon. Mein ... der König bevorzugt einige seiner Frauen besonders. Aber wenn sie seine Gunst verlieren ...« Ich breche ab.

Noel schweigt. »Ich glaube nicht, dass das passiert ist«, sagt er dann vorsichtig.

»Stimmt.« Ich versuche, die Wörter so fest auszusprechen wie möglich. »Ich auch nicht.«

Langsam streiche ich mit dem Finger über meinen Unterarm. Plötzlich sind die Erinnerungen da, gerade die an meine Mutter kommen manchmal wie aus dem Hinterhalt. Doch ich bin froh über sie, denn es ist besser, als wenn ich mich nicht mehr an sie erinnern würde. Ich drehe mich zu Noel um. »Sie hat mir immer ein Gedicht aufgesagt. Sie hat gemeint, es ist ein Lagerfeuergedicht. Willst du's hören?«

Noel lächelt. »Na klar.«

Ich räuspere mich. Bin jetzt irgendwie ganz nervös. Die ersten Wörter zittern noch, dann geht es allmählich besser:

O schaurig war meine Wanderschaft,
Durch all die neun Königslande,
Die mich gebracht durch Tag und Nacht,
Und an des Lebens Rande.
Ich habe gesehen helles Licht,
Doch wich mir auch die Schwärze nicht.
O schaurig und schön war die Wanderschaft,
Und schloss undurchdringliche Bande.

Ich schritt durch das Reich von Noctuán
Und sah die großen Eulen im Wald;
Sie erinnern sich wohl noch immer daran,
Was tausend Jahr her ist bald.
Aeris, dort musst ich auf Hilfe pochen,
Der Wind kroch tief in meine Knochen.
Die Falken des Sturmes hielten ihn an,
Und befreiten ihn wieder kalt.

In Akila schien Sonne auf weites Feld,
Golden glänzten die Adler vor Kraft;
Weil Ehre und Mut sie zusammenhält,
Hat kein Krieg sie dahingerafft.
Rakk, die Insel, lebt in den Fluten,
Keine Strömung lässt sich vermuten.
Die Wellentaucher scheuen die Welt,
Die ich kaum zu sehen geschafft.

Ich lief in Terg über kahle Erde,
Auf dass keine Harpyie mich kriegt;
Sie halten sich Menschen wie eine Herde,
Macht liegt in ihrem Blick.
Durch weiße Schleier ins Dunkel hinein,
Cavions Höhlen sind Schwärze allein.
Flügel aus Leder jagen geschickt,
Weh, wenn ich ausgewählt werde.

Parvania schillert vor Farbenpracht,
Kein Schatten vermag das zu trüben,
Die Anmut, sie hat sie eigen gemacht,
Und wag nie, einen Pfau zu belügen.
Vigilis, das Land, das wir so hassen,
Steinernes Gift wollt' mich dort fassen;
Ein Greif über jede Waffe lacht,
Sie kann keinen Schaden zufügen.

Von Weitem konnt' ich sie sehen,
Als ich in die Heimat kam,
Die Feuer, die niemals vergehen,
Die nie ein Greif sich nahm.
Lavis, mein Land, deine Ferne war schwer,
Die Phönixe sind es, die ich verehr,
O schaurig schön war die Wanderschaft,
Doch erst zu Haus bleib ich stehen.

Ich schließe den Mund und merke, dass ich ganz außer Atem bin. Meine Wangen sind heiß, nervös spiele ich mit den Fingern auf dem Steinboden herum.

»Es ist schön«, sagt Noel dann endlich. »Mir gefällt es.« Er rückt noch ein bisschen näher und legt einen Arm um mich. Ich kuschele mich rein, umgreife seinen Oberarm mit meinen kalten Fingern.

»Und ich habe dich noch nie so viel reden gehört«, fügt Noel amüsiert hinzu.

Ich schnaube und steche ihm mit meinem Ellenbogen in die Seite. »Blödmann.«

Aus den Augenwinkeln kann ich ihn lächeln sehen, dann senkt er sein Gesicht auf meine Haare und drückt mir einen Kuss auf den Kopf. Ich drehe mich zu ihm, unsere Gesichter sind nur ein paar Handbreit voneinander entfernt. Ich schaue in seine dunklen, braunen Augen … und erschrecke.

Er senkt den Blick, ich habe plötzlich einen Kloß im Hals. In seinen Augen lag etwas, das mir überhaupt nicht gefällt. Und jetzt werde ich anders nervös, unschön nervös.

»Sam?«

»Mmh.«

»Ich finde, du solltest es Jon sagen.«

»Was sagen?«, frage ich, aber ich weiß natürlich, was kommt.

»Die Wahrheit. Wer du bist, wo du herkommst.«

Ich starre ihn an. Öffne den Mund. Schließe ihn wieder. Das kann doch nicht sein Ernst sein! Das kann er doch nicht wirklich verlangen!

Aber Noel erwidert meinen Blick ganz ruhig, als hätte er sich lange überlegt, was er hier sagt.

»Er wird verstehen, warum du es ihm nicht sofort sagen konntest. Er ist ein sehr vernünftiger Mann, und wenn du es ihm selber sagst, dann wird er das zu schätzen wissen und richtig deuten können.«

Ich schweige. Noel fährt einmal vorsichtig mit der Außenseite seines Zeigefingers an meiner Schulter entlang, aber ich lehne mich von ihm weg.

»Ich werde natürlich auch mit Jon reden«, sagt er. »Er hört sich meine Meinung an, er gibt viel darauf – ich bin mir ganz sicher, dass dir nichts passieren wird. Sonst würde ich es dir nicht vorschlagen«. Feuerknistern. »Überleg doch nur mal, was für Informationen du uns liefern könntest. Du könntest uns mehr voranbringen als alle Spione in ganz Tyrganon zusammen.«

Ich stehe auf, stelle mich vor ihn hin. Meine Wangen zucken, ich habe die Fäuste geballt. Ich mache noch einen Schritt auf Noel zu.

»Wenn du Jon auch nur ein Wort sagst«, zische ich, »dann gibt es dich für mich nicht mehr.«

Noel wirkt völlig unbeeindruckt. »Du bist die Königstochter. Steh dazu.«

»Tu ich doch«, sage ich viel leiser als beabsichtigt. Ich habe ihm gerade das Gedicht meiner Mutter vorgetragen. Ich war gerade ehrlich, warum reicht das nicht?

»Tust du nicht.« Noel steht nun ebenfalls auf. Er ist riesig. »Du hättest es nie von selbst erzählt. Weil du nicht dazu stehst. Du versteckst dich.«

»Ich hätte es vielleicht noch erzählt.«

»Du solltest nicht warten, bis Jon es durch Zufall herausfindet. Das ist doch nur eine Frage der Zeit. Du könntest ihm so viel Misstrauen nehmen, wenn er es von dir selbst hört. Freiwillig.«

Wir stehen uns gegenüber. Unsere Blicke starr aufeinandergerichtet. Wie vor einem Kampf. In mir brodelt es, meine Muskeln verkrampfen sich. *Ist klar, Noel. Jon das Misstrauen nehmen.* Warum gibt er nicht wenigstens zu, dass *er* sehen will, ob er mir wirklich trauen kann? Wenn ich es Jon sage, dann glaubt mir Noel wahrscheinlich auch endlich. Aber erst dann. Das soll er doch wenigstens zugeben!

»Sam«, sagt Noel, er will mich an den Händen nehmen, aber ich ziehe sie wütend zurück, laufe ums Lagerfeuer herum, schnappe mir die Blendlaterne.

»Ich übernehme die erste Wache.«

»Sam, jetzt hör mir doch mal zu.«

Ich habe mich schon einige Schritte entfernt und bin einen kleinen Felsblock hinaufgeklettert, von wo aus ich die dunklen Gebirgspfade am besten überblicken kann. Noel kommt nicht hinterher, immerhin kapiert er das. Er steht allein vor dem Feuer, groß und schattig, den Blick immer noch auf mir.

»Na gut«, sagt er, und am schlimmsten finde ich, dass er dabei weiterhin so ruhig bleibt. Als hätte er sich das von Jon abgeguckt. »Denk bitte darüber nach. Ich lege mich dann hin.«

»Vielleicht solltest du diese Nacht lieber kein Auge zumachen«, sage ich laut. »Wer weiß, ob die Königstochter dir sonst noch die Kehle durchschneidet.«

Aber ich schaffe es nicht, ihn wütend zu machen. Er schweigt jetzt und legt sich einfach auf sein Lager neben das Feuer. Er schließt die Augen, ob er wirklich schläft, weiß ich nicht. Aber sein Gesicht sieht friedlich aus. Es sieht schön aus.

Ich starre in die Bergdunkelheit. Schwarze Umrisse zeichnen ein unbestimmtes Muster vor noch mehr Schwarz. Rechts von mir raschelt es, etwas Kleines, vielleicht ein Hase oder eine Schlange. Die Wut in mir beruhigt sich nur langsam. Nach einer Weile ziehe ich mein Schwert und spiele mit dem Griff in meinen Fingern.

Ich könnte fliehen.

Aber ich denke nicht wirklich darüber nach. Ich kenne die Antworten. Egal, wie riskant es bleibt, der Kampf gegen meinen Vater ist das Einzige, was ich habe. Ich kann Favilla nicht den Rücken kehren. Und Noel auch nicht. Obwohl ich ihn in diesem Moment am liebsten aufwecken und gegen seine Brust schlagen würde, bis er mich versteht. Trotz allem. Ich könnte nicht abhauen.

13

Lavis. Nordgebirge.

»Hier muss es sein.«

Noels Stimme klingt heiser. Es ist der erste Satz seit mehreren Stundenstrichen, den einer von uns beiden spricht. Der Weg über die immer gleichen kargen Gebirgspfade ist ewig gewesen und hat sich nur darin vom Vortag unterschieden, dass unsere Stimmung noch bedrückter war.

Noel zieht die Zügel an und springt vom Pferd. Eilig läuft er auf die Felswand vor uns zu, wo der Weg ein jähes Ende nimmt. Die Wand ragt endlos in die Höhe und streckt sich weit nach rechts und links. Allerdings knickt sie auf der rechten Seite schon bald seitlich ab.

Ich stelle mich neben Noel. Das Pergament mit den Beschreibungen des Wissenschaftlers halte ich in den Händen. Es ist natürlich auch nur eine von Jon angefertigte Abschrift.

Jons Buchstaben sind voll und geschwungen. Die Wörter sehen geradezu elegant aus.

An dem eingezeichneten Punkt befindet sich eine hohe Felswand. Hier verbirgt sich der Durchgang zur geheimen Bibliothek. Der Felsen muss nach innen geschoben werden. Es geht leichter, als man denkt. Bevor das aber möglich ist, muss etwas in der kleinen Höhle rechts neben der Felswand gemacht werden. Ich weiß nicht, was es dort zu erledigen gilt, aber die Männer haben jedes Mal, wenn ich sie beobachten konnte, einen Stapel Feuerholz mit hineingenommen. Und es hat immer eine Zeit lang gedauert. Der Rest liegt dann wohl an euch.

Noel tritt an die Felswand. Er lässt die Finger über die zerklüfteten Steine fahren. Nichts deutet darauf hin, dass hier ein Tor sein könnte. Er drückt sich mit der Schulter gegen den Stein, aber natürlich passiert nichts.

»Wir müssen erst in die Höhle«, sage ich.

»Ich weiß.« Noel zuckt mit den Schultern. »Ich dachte mir, vielleicht haben wir Glück, und es geht so.«

Ich höre nur halb zu, bin schon nach rechts, wo die Felswand zur Seite abknickt. Dort gelange ich nun an einen kleinen, unscheinbaren Pfad, der sich zwischen kahlem Gestrüpp und dem Felsmassiv entlangwindet.

Es sind nur ein paar Dutzend Schritte, bis ich den Eingang entdecke. Ein unscheinbares Loch im Stein, gar nicht besonders gut verborgen. Etwas Gestrüpp nimmt wahrscheinlich von weiter weg die Sicht darauf, und man könnte die mannshohe, schmale Öffnung auch leicht als Schatten auf dem Stein abtun.

Aber wenn man danach sucht, ist es anscheinend wirklich einfach, sie zu finden.

Am Eingang der Höhle schließt Noel zu mir auf. Ich zögere. *Es würde mich wundern, wenn der Brennende König seine größte Quelle der Macht nicht irgendwie gesichert hat*, hat Jon gesagt. Könnte das auch schon für den Durchgang dorthin gelten?

Aber was nützt das Warten? Ich gehe rein.

Und sofort zucke ich zurück. Ich habe mein Schwert schon halb gezogen, als ich meinen Irrtum erkenne. Mit einem leisen Klingen lasse ich meine Waffe zurück in die Schwertscheide gleiten. Atme aus.

Es ist bloß eine aus dem Stein gemeißelte Figur, die mit leerem Blick über die Höhle wacht. Ich schnalze mit der Zunge. Ein alter Bekannter, er ähnelt den steinernen Vogelmännern auf dem Friedhof ziemlich genau.

Auch er trägt einen Umhang und hat einen Vogelkopf, wenn auch einen viel breiteren als die Friedhofsstatuen. Und dieser Vogelmann hält keine Fackel vor der Brust, sondern ein wuchtiges Felsenschwert.

Ich trete ein paar Schritte nach vorn, Noel ist neben mir. Er hält seine Axt gezückt.

Hier drinnen ist es düster, aber ein bisschen Sonnenlicht fällt in den Eingangsbereich, und das reicht, um das meiste halbwegs zu erkennen. Besonders groß ist die Höhle nicht, vielleicht zehn Schritte im Durchmesser.

Auf dem Boden liegen einige Steinbrocken, ein paar einzelne dünne Zweige und etwas, das die abgestreifte Haut einer Schlange sein könnte.

An der linken Höhlenwand entdecke ich ein unter einem Felsvorsprung in den Boden eingearbeitetes steinernes Rund, in dem unverkennbar Aschereste liegen. Es erinnert mich an die Feuerstelle im Gemeinschaftsraum. Ich trete näher, gehe direkt davor in die Hocke.

Im Fels über der vermeintlichen Feuerstelle führt ein kopfdicker Schacht nach oben, fast wie ein Kamin.

»Seltsam.« Noel ist plötzlich neben mir. Er nimmt ein kleines Steinchen und schleudert es von unten den Schacht hinauf.

Wir fahren beide zusammen, als es auf einmal laut und metallisch klingt. Kurz darauf fällt der Stein mit einem raschelnden Geräusch wieder vor uns in die Aschereste.

Noel kneift die Augen zusammen. »Ist da oben eine Klappe?«

»Wenn, dann kommen wir nicht ran. Der Schacht ist zu schmal dafür«, antworte ich. »Ich würde sagen, das ist eine Feuerstelle. Die gehen hier mit Feuerholz rein. Dürfte ziemlich klar sein, was wir zu tun haben.«

»Das kann noch nicht alles sein«, sagt Noel.

Ich zucke mit den Schultern. Nehme dann das Feuerholz aus der Tragetasche und staple es zusammen mit einigen feineren Reisigbüscheln in das steinerne Rund.

Noel läuft währenddessen in der Höhle auf und ab, ich kann mich nicht richtig konzentrieren.

»Oh Mann«, murmle ich. »Könnte hier nicht jemand eine Fackel vergessen haben oder so? Das wär' ein bisschen weniger mühsam.«

Jetzt lege ich ein Büschel Distelwolle neben mich. Ich nehme Feuerstein und Zunder in die linke Hand, das Feuereisen in die rechte. Sechsmal muss ich das Feuereisen auf den Flint schlagen, bis der Zunder endlich den Zündfunken auffängt und zu glühen beginnt.

Nun lege ich den Zunder in die Distelwolle und puste dem Feuer Luft zu, bis die Wolle hell und rauchig brennt. Schnell auf den Holzstapel damit und weiterpusten. Das Feuer greift erst nach dem feinen Reisig, dann auch nach den anderen Ästen, und ich muss husten vom Rauch.

Ich stehe auf, trete ein paar Schritte zurück und betrachte die Flammen. Und jetzt?

Es stimmt schon, das wird wohl noch nicht die Lösung gewesen sein.

»Die Statue muss es sein.« Noels Stimme hallt eigenartig zwischen den Steinwänden wider. »Wie bei den Sarkophagen der Phönixwächter.«

»Hm?« Ich drehe mich um.

Noel steht direkt vor dem Vogelmann und betrachtet ihn von oben bis unten. »Irgendwo gibt es einen Mechanismus. Ganz sicher.«

Er greift nach dem steinernen Schwert und ruckelt daran. Nichts bewegt sich. Er tritt näher und beginnt, die Statue abzutasten: die Finger, die Arme, den Schnabel, die Augen. Am Hals hält er inne. Dann nimmt er den Vogelkopf in beide Hände und beginnt zu drehen. Es klappt. Der Kopf bewegt sich, Noel dreht ihn unter dem schabenden Geräusch von Stein auf Stein einmal um sich selbst.

»Ha.« Noel sieht zu mir rüber, aber ich starre ihn bloß teilnahmslos an. Auch Arschlöcher können geheime Schalter finden, na und?

Und jetzt ist plötzlich noch ein seltsames Rauschen zu hören. Es kommt vom anderen Ende der Höhle, aus der Wand genau über der Feuerstelle, und es vermischt sich mit dem Knistern der Flammen.

»Wasser?«, fragt Noel zweifelnd.

Wir gehen auf den Schacht zu, lauschen. Aber es ist unverkennbar. Da scheint wirklich Wasser zu plätschern, und ich glaube, es plätschert auf Metall. Vielleicht ist es eine Art Topf oder Kessel.

Noel kneift die Augen zusammen. »Und das soll reichen, um das Tor öffnen zu können?«

Ich zucke wieder mit den Schultern. »Mal abwarten.«

Noel seufzt. »Na gut, ich gucke oben nach, ob sich was am Tor tut, und du passt hier auf das Feuer auf, in Ordnung?«

Ich nicke.

»Dann bis gleich.« Noel geht aus der Höhle, und ich atme auf. Ich will jetzt wirklich nur noch diese Mission zu Ende bringen und mich dann so fern von ihm halten wie möglich.

Ich habe zwar immer noch keine Ahnung, wie ich das schaffen soll, aber es muss einen Weg geben. Ich weiß nicht mehr, wie man das mit uns noch geradebiegen sollte.

Es will einfach nicht in meinen Kopf, wie er ernsthaft von mir verlangen kann, dass ich es Jon sage. Wie verblendet muss er schon sein, dass er nicht sieht, wie unberechenbar und gefährlich Jon ist.

Plötzlich habe ich wieder Johannas verlorene Stimme im Ohr. Warum sie im Verlies gelandet ist, weiß wohl auch nur Jon. Aber davon kann ich Noel ja schlecht erzählen.

Ich starre auf die Flammen, lausche der Mischung aus Knistern und dem Wasserplätschern weiter oben in der Wand. Erst ganz langsam, bald aber überraschend schnell verwandelt sich das Geräusch in ein wildes Brodeln. In dem Schacht muss eine unglaubliche Hitze herrschen.

Ich warte noch eine Weile. Dann höre ich ein Schaben weiter oben im Fels, anscheinend bewegt sich dort irgendetwas Schweres. Kommt das jetzt wirklich daher, dass wir ein Feuer unter einem Wasserkessel entzündet haben? Auf jeden Fall tut sich was, ich sollte nach Noel schauen.

Ich beeile mich, rauszukommen, und haste anschließend den schmalen Pfad entlang. Noel steht wie besprochen vor der Felswand, hier ist das schabende Geräusch sogar noch deutlicher zu hören.

Noel schüttelt ungläubig den Kopf. »Das gibt es nicht. Wenn das jetzt wirklich funktioniert, dann gibt es das einfach nicht.«

Er stemmt sich gegen den Stein. Erst tut sich nichts. Doch nun, ganz langsam, bewegt sich der Fels nach innen. Mit ein paar schnellen Schritten bin ich bei Noel und stemme mich ebenfalls gegen den Stein. Natürlich würde er es auch alleine schaffen, wenn nicht er, dann keiner, aber ich will trotzdem nicht nur blöd rumstehen.

Jetzt ist bereits ein dunkler Spalt im Fels zu sehen. Der Durchgang.

Der Durchgang, nach dem Favilla seit 300 Jahren sucht! Völlig egal, was der Wissenschaftler mit dieser einen Schriftrolle will. Wir könnten schon sehr bald einen entscheidenden Schritt im Kampf gegen meinen Vater vorangekommen sein!

Keuchend drücken wir weiter. Mit jedem Stück, das das Tor

aufgeht, wird es leichter. Schließlich haben wir den schweren Felsblock ganz zur Seite geschoben und stehen vor einem schwarzen Tunnel.

Weit hinten erkenne ich einen Lichtschimmer. Dort auf der anderen Seite wartet die Bibliothek auf uns. Noel ist ganz still, aber ich kann seine Nervosität richtig spüren, seine Bewegungen sind eilig, fast hektisch.

Wir holen die Pferde, und ich werfe einen letzten Blick zurück ins Gebirge. Kneife die Augen zusammen. Dahinten, das Weiß dort – ist das *Nebel*?

Aber ich bin mir nicht sicher, und eigentlich ist es auch nicht wichtig. Wir stehen kurz vor dem größten Durchbruch Favillas überhaupt.

Ich wende mich ab, und wir machen uns auf den Weg durch den Tunnel.

Unsere Pferde halten abrupt an. Ginger schnaubt, reckt den Kopf nach vorn und flehmt. Ich drücke Buntig die Hacken kräftig in die Flanke, aber auch er macht keinen Schritt vorwärts.

»Was ist denn jetzt los?« Noel starrt misstrauisch nach vorne. Wir haben den Tunnel durchquert und sind nun schon eine ganze Weile durch eine schmale Schlucht geritten. Rechts und links von uns strecken sich die Steilhänge endlos in die Höhe, vor uns erkenne ich eine Biegung. Was liegt dahinter?

Ich presse Buntig noch mal die Hacken in die Flanke, aber er meckert lediglich kurz auf, ohne sich auch nur ein Stück nach vorn zu bewegen, und seine Ohren zucken unruhig. Da ist nichts zu machen, ich steige ab.

»Vielleicht werden sie von den Schatten dort irritiert«, sage ich, dann deute ich nach hinten. »Binden wir sie hier an die Steine.«

»In Ordnung.« Noel nickt. Keiner von uns spricht aus, dass es auch ganz andere Gründe haben könnte, warum die Pferde nicht weiterwollen.

Als wir sie angebunden haben und unseren Weg fortsetzen, lege ich eine Hand locker an den Griff meines Schwertes.

Wir gehen nebeneinander, kommen der Biegung immer näher, und ich kann auch Noels Anspannung förmlich spüren. Es könnte immer noch sein, dass der Wissenschaftler uns belogen hat. Womöglich laufen wir geradewegs in eine Falle. *Was hat die Pferde dazu gebracht, anzuhalten?*

Wir erreichen die Biegung.

Meine Augen weiten sich. Mir stockt der Atem.

Aber nicht, weil wir in einen Hinterhalt geraten sind. Auch nicht wegen irgendeiner anderen Gefahr, nein, der Mann ohne Zunge hat die Wahrheit gesagt.

Ich mache einen zögerlichen Schritt nach vorne, ich kann immer noch nicht glauben, dass es wirklich echt ist.

Wir stehen auf einer Art Plateau, und vor uns öffnet sich ein felsiges Tal, das in allen Richtungen von Steilhängen eingerahmt wird.

Große Gesteinsbrocken liegen dort an den Rändern versprengt. Sie werden zur Mitte hin weniger, wo sich ein Pfad aus brüchigen Pflastersteinen, gesäumt von verwitterten, teilweise abgebrochenen Säulen, entlangzieht, die ehemals wohl weiß waren, nun aber längst gräulich braun sind.

Und dieser Pfad führt geradewegs auf unser Ziel zu: Ein Turm ragt am Ende des Tals in die Höhe wie eine gewaltige steinerne Fackel. Reihen über Reihen grauer Felsquader münden oben in einer massigen Kuppel. Auf halber Höhe, das Gebirge als Fundament, befindet sich ein kleiner Nebenturm, der an der Außenmauer emporsteigt. Unten am Fuß säumen den Hauptturm raue, unbearbeitete Felsbrocken, sodass es aussieht, als wäre er aus der Erde und durch die Gesteinsschichten nach oben gebrochen.

Die geheime Bibliothek.

Der Ort, den schon Generationen vor mir gesucht haben. Der Ort, der die größte Machtquelle meines Vaters ist. Der Ort, der alles verändern kann.

Aber auch der Ort, an dem ich Favilla nun wirklich betrügen werde, schießt es mir plötzlich durch den Kopf. Denn was habe ich hier vor? Ist Noels Misstrauen nicht völlig berechtigt, wenn ich dem Wissenschaftler heimlich etwas mitbringe – auch wenn es um mein Leben geht?

Noel neben mir ist ganz still. Sein Mund ist leicht geöffnet, und er nimmt den Blick nicht einen Moment von dem gewaltigen Turm.

»Wir sollten näher ran«, flüstere ich, dabei gibt es ja eigentlich gar keinen Grund, so leise zu sprechen.

Noel braucht noch kurz, dann schluckt er. Nickt.

»Ja«, sagt er mit belegter Stimme. »Sollten wir wirklich.«

Niemand hätte durch Zufall auf diesen Ort stoßen können, das ganze Tal ist so abgeschottet, dass der Tunnel tatsächlich der einzige Weg hinein und wieder hinaus sein muss.

Ohne uns abzusprechen, vermeiden wir den großen Pfad in der Mitte und halten uns stattdessen dicht an den Steilhängen, die diesen Ort wie eine Burgmauer umschließen. Immerhin wissen wir nicht, ob dieses Tal wirklich verlassen ist. Ich blinzele nervös.

Fürchte nicht die Wächter. Sie werden es merken.

Wir kämpfen uns zwischen den Gesteinsbrocken hindurch, vorsichtig setze ich einen Fuß vor den anderen, damit ich nicht abrutsche und mir den Knöchel verdrehe. Es ist mühsam, aber wir nähern uns nach und nach der Bibliothek, die mit jedem Schritt höher und mächtiger erscheint. In meinem Kopf wird es währenddessen immer lauter. Ich muss es tun. Wenn der Wissenschaftler mich an Jon verrät, bin ich verloren. *Mir bleibt gar keine Wahl.*

Das wusste ich die ganze Zeit. Aber jetzt, wo ich kurz davor stehe, ist es noch mal ganz anders. Jetzt ist es echt geworden.

»Runter«, zischt Noel plötzlich und reißt mich grob am Handgelenk hinter einen Felsbrocken.

»Was ist los?« Ich halte mir die schmerzende Bisswunde am Oberarm.

»Schau ganz vorsichtig«, flüstert Noel. »Gib keinen Laut von dir, wenn du sie siehst. Oben auf der Kuppel.«

»Okay.«

Ich drehe meinen Kopf langsam herum, spüre meine Armwunde jetzt plötzlich noch viel mehr, als würde mein schnelles Herz alles Blut dorthin schicken. Ich betrachte die abgerundete Spitze des Turmes.

Meine Augen brauchen einen Moment. Und dann ist es plötzlich, als würde das, was ich sehe, wie ein Geist in mich hineinfahren und mich taumeln lassen.

Das kann doch nicht …

Ich sehe Noel an.

Er nickt einmal, die Augenbrauen eng zusammengezogen. »Greife«, sagt er.

Ungläubig schaue ich zum Turm zurück. Die Kreatur in Grau scheint fast mit dem Stein zu verwachsen. Sie hat einen spitzen Vogelkopf, bewegt sich allerdings auf vier Beinen, der Körperbau erinnert aus der Entfernung an eine große Raubkatze. Aber ich glaube, sie ist gefiedert, ich kann es von hier aus nicht erkennen.

Jetzt streckt sie die gewaltigen Flügel aus, die ihr aus dem Rücken wachsen und größer sind als der Körper der Kreatur selbst. Sie stößt sich ab, segelt mit einigen kräftigen Schlägen durch die Luft. Hinten auf der Kuppel erkenne ich einen zweiten Greifen.

»Es gibt sie wirklich«, murmelt Noel neben mir. »Die Legenden sind wahr, Sam, es gibt wirklich Greife.«

»Ja«, flüstere ich. Doch selbst das kommt mir plötzlich zu laut vor. In mir zittert alles.

Sie sind die Wächter. Davon hat der Wissenschaftler gesprochen.

Ein Greif über jede Waffe lacht.

Wir können unsere Blicke einfach nicht von den beiden Kreaturen dort oben nehmen. Selbst aus der Ferne geht von ihnen etwas so Ehrfurchtgebietendes aus, dass mir eine Gänsehaut über den Nacken krabbelt.

Und dann plötzlich sind sie verschwunden, ist die Bibliothek verschwunden.

Eine weiße Wand hat sich vor alles geschoben.

»Eine Nebelbank«, sagt Noel, sogar vor seinem Gesicht sind schon weiße Schlieren, die sich langsam verdichten.

»Das ist unsere Chance.« Ich nicke kurz Richtung Bibliothek. »So kommen wir ungesehen hinein.«

»Ja!«, sagt Noel, in seinen Augen brennt es begeistert. Dieses Feuer ist so ehrlich, und aus irgendeinem Grund muss ich plötzlich daran denken, wie er mir von dem Tauchen im See erzählt hat und davon, wie sein Kumpel und er versucht haben, die Fische zu fangen. Wie Noel die Bewegungen nachgemacht hat, als er es erzählte.

Ich kralle meine Hand in die Seite meines Leinenhemds. Ich kann ihn nicht hintergehen, ich kann das Pergament nicht einfach klauen.

Er muss die Wahrheit wissen.

»Noel ...«, beginne ich vorsichtig, doch da sehe ich, wie sich in seinem Gesicht etwas verändert. Der Minenjunge verschwindet, und der Zirkler kommt hervor.

»Nein. Unsinn«, sagt er. »Wir warten, bis die Nebelbank vorbeigezogen ist. Dann hauen wir hier ab, um Jon Bericht zu erstatten.«

»Aber ...«

»So sind Jons Anweisungen.«

Jon, Jon, Jon. Ich kann das nicht mehr hören. Was hat seine komische Sonderstellung nur aus ihm gemacht?

»Nein«, sage ich plötzlich mit fester Stimme. Und ich kann jetzt kaum noch glauben, dass ich ihm sagen wollte, was der Wissenschaftler mir aufgetragen hat. Das da ist nicht der Noel, den ich kennengelernt habe, nicht der mit den Funkelaugen – jedenfalls nicht mehr immer.

»Was nein?«

»Wir gehen rein.«

»Sam, wir werden nicht ...«

Er verstummt, als ich mich aufrichte und einen Schritt nach hinten trete. Ich kann Noels Gesicht jetzt kaum noch erkennen.

»*Du* willst doch immer alles wissen«, sage ich.

Und dann verschwinde ich im Nebel.

14

Nordgebirge. Verborgener Talkessel.

Weiß.
Überall.
Keine Formen, nicht mal Schemen oder irgendwas, sind zu sehen. Es ist einfach alles weiß um mich herum, wie eine stockdunkle Nacht, nur in anderer Farbe.

Behutsam schleiche ich vorwärts. Taste mit den Händen vor mir in das kalte Meer aus Nichts. Mit den Füßen teste ich bei jedem Schritt den Untergrund, bevor ich voll auftrete, überall könnten Risse oder bröckliger Stein sein. Ab und zu stoße ich auf größere Felsbrocken, denen ich dann ausweichen muss.

Ich habe keine Ahnung, ob ich noch in die richtige Richtung gehe. Ich versuche, mich am Gefälle zu orientieren. Der Talkessel läuft auf den Turm zu, eigentlich müsste das so klappen. Aber es könnte genauso gut sein, dass ich von der Bibliothek weg oder die ganze Zeit im Kreis laufe.

Weiter vorwärts. Wenn ich noch richtig bin, dann kann es nicht mehr weit sein. Ganz allmählich habe ich das Gefühl, die großen Felsbrocken, die sich mir in den blinden Weg stellen, werden weniger.

Ob Noel wohl noch immer in unserem Versteck ist?

Ich blinzele. Fühle mich ein bisschen schlecht bei dem Gedanken an ihn. Hauptsache, er tut jetzt nichts Unüberlegtes und ruft damit die beiden Kreaturen auf den Plan.

Greife. Mein Vater hat Greife als Wächter der Bibliothek. Wie ist das möglich? Befehligt er sie? Oder tun sie das *freiwillig*?

Ich fahre mit dem Finger über die Gänsehaut auf meinem Arm.

Ein weiteres Geheimnis, das mein Vater verborgen gehalten hat. Wer wusste davon? Die Wissenschaftler – ohne eine Zunge, um davon zu erzählen. Wahrscheinlich Dario, Maximilian und Hektor, drei meiner Halbbrüder, die nicht mehr um die Krone kämpften und für die Betreuung und den Transfer der Wissenschaftler zuständig waren. Vielleicht noch einige Wachen, aber sonst sicher niemand. Gireon auf jeden Fall nicht.

Plötzlich sehe ich ihn wieder vor mir in seinem kleinen Lehrzimmer auf und ab gehen. Ich höre seine Fistelstimme.

Vigilis und Lavis. Eine uralte Feindschaft herrschte zwischen den Greifen und den Phönixen, den mächtigsten Vogelwesen von ganz Tyrganon. Den Ursprung kennt heute niemand mehr, wie das wohl bei den meisten Fehden der Fall ist.

Während die Phönixe nahezu unsterblich sind, da sie immer wieder aus ihrer eigenen Asche auferstehen, waren die Greife nahezu unverwundbar. Ihre Haut war von einer Art steinernen Membran überzogen, die keine Waffe der Welt durchdringen konnte, heißt es. So waren Phönixe und Greife – wenn man es so nennen mag – ebenbürtige Gegner.

Ihr wisst ja, wie diese Fehde ausgegangen ist, Königliche Ho-

heit. Die Phönixe triumphierten schlussendlich, und die Greife wurden vernichtet. Doch Ihr solltet sehr froh darüber sein. Greife waren tödliche und grausame Kreaturen. In den alten Kriegsberichten steht geschrieben, dass in ihren Krallen ein Gift schlummerte, das sich in den Blutbahnen ihrer Opfer ausbreitete und sie von innen heraus in Stein verwandelte.

Ich schüttele einmal den Kopf, um die Stimme meines alten Lehrmeisters loszuwerden. Das war es, was Gireon über sie wusste. Aber was wusste er alles nicht?

Es sind uralte, magische Kreaturen – wer sagt, dass ein bisschen Nebel mich wirklich vor ihren Blicken verbergen kann?

Ich beschleunige meine Schritte, setze die Füße unvorsichtiger auf, sodass ich mehrmals fast stürze. Ich komme jetzt einfach nicht mehr von dem Gedanken los, dass jeden Moment eine gewaltige Kralle aus dem Weiß auftaucht und sich in meine Brust bohrt wie ein Folterinstrument. *Hör auf damit, Sam!*

Dann plötzlich stoßen meine Hände gegen etwas Kaltes, Raues. Wieder ein Felsblock. Ich taste mich nach rechts entlang. Taste und taste. *Moment.*

Das ist zu breit für einen zersprengten Brocken. *Ja.* Das dürften die zerklüfteten Felsen am Fuße des Bibliotheksturmes sein! Ich muss nur noch einen Weg zwischen ihnen hindurch finden, dann bin ich beim Eingang.

Vorwärts. Immer am Felsen halten, so muss es klappen. Und nach einer Weile stoßen meine Füße wirklich gegen etwas Hartes, ich fühle nach unten: glatt geschliffener Stein, länglich, rechteckig. Treppenstufen. Ich mache einen Schritt hinauf, noch einen. Allmählich erkenne ich wieder undeutliche Umrisse. Die Treppe führt zu einem Plateau oder so etwas. Ich glaube, ich habe es wirklich bis zum Eingang geschafft.

Ich steige die Stufen Schritt für Schritt nach oben, und als mich eine Hand aus dem Nichts packt, weiß ich: Der Mann ohne Zunge ist hier. Alles in mir krampft sich zusammen. Ich will sie abschütteln, nach meinem Schwert greifen, dann erst merke ich, dass die Hand viel kräftiger ist. Und wärmer.

»Bist du jetzt völlig übergeschnappt?«, flüstert Noel und zieht mich die restlichen Stufen hinauf.

»Lass mich los«, sage ich kühl.

Noel lässt wirklich meinen Arm los, aber er bleibt dicht vor mir stehen. In den Nebelschwaden verschwimmen die Züge seines Gesichts.

Ich lege den Kopf in den Nacken und schaue nach oben – Felsen. Wir sind wohl unter einer Art Vordach gelandet.

»Kannst du mir mal erklären, was das soll?«

»Wenn wir noch länger warten, ist der Nebel weg, und die Greife sehen uns«, sage ich und gehe an ihm vorbei auf den Torbogen zu, der sich vor uns aus dem Weiß schält.

Noel folgt mir. Ich denke mal, er weiß genau wie ich, dass es jetzt kein Zurück gibt. Wenn wir wieder ins Weiß eintauchen, um den Weg aus dem Tal anzutreten, und der Nebel so plötzlich verschwindet, wie er gekommen ist – dann werden uns die Greife auf freier Flur entdecken.

Wir bleiben vor dem Tor stehen, das in die mit massigen Steinen aufgemauerte Wand des Turmes eingelassen ist. Gleich rechts daneben erkenne ich eine riesige Winde aus schwarzem Metall. In der Mitte des Drehkreuzes ist ein geschwungenes

Schriftzeichen eingraviert, das mir nichts sagt. Eine Art Kreis mit Verzierungen.

Ich greife nach einem Stab des Drehkreuzes, er ist eisig kalt an der Haut und schießt ein Brennen in meine tauben Hände. Ich drücke den Stab nach unten, um die Winde in Bewegung zu setzen. Das Eisen leistet Widerstand, meine Muskeln spannen, und plötzlich jagt ein stechender Schmerz durch die Bisswunde unter dem Verband.

Gepresst keuche ich auf, mir ist kurz schwindelig. Aber ich versuche, so zu tun, als wäre nichts.

Ich drücke weiter, die Zähne fest aufeinandergebissen. Mit einem Ruck setzt sich die Winde in Bewegung, und jetzt geht es viel leichter. Schabend zieht sich das Tor mit jeder Drehung nach oben. Gibt nach und nach ein schwarzes Loch frei.

»Das genügt.« Noel macht eine ungeduldige Handbewegung in Richtung Eingang. »Wir können durch.«

Ich nicke. Mit ein paar Schritten bin ich bei ihm, unter meinem Verband pocht es kräftig. Dann gehen wir rein.

Es ist ein kleiner, dunkler Vorraum. Hier befindet sich wiederum eine Winde, und ich bin froh, dass Noel sofort vortritt und sie eilig herunterdreht, um das Tor wieder zu schließen. Alles andere wäre viel zu riskant. Die Greife haben es zwar von oben vermutlich nicht richtig im Blick, weil es sich unter dem Vordach befindet. Aber wenn sich der Nebel verzieht und die Kreaturen dann doch das offene Tor entdecken, werden sie sofort wissen, dass Eindringlinge in ihrem Turm sind.

Am Ende des Vorraums öffnet sich ein kleiner Eingang. Dort hängt ein dichtes Geflecht aus getrockneten Holzstäben, dünn, fremdartig, so wie selbst ich sie noch nicht gesehen habe – und das, obwohl in den Königsgärten die verschiedensten exotischen Pflanzen versammelt waren. Dahinter dringt ein unruhiges rötliches Licht zu uns durch.

Ich sehe zu Noel, Noel sieht zu mir. Er ist immer noch wütend, das erkenne ich sofort, aber noch etwas liegt in seinen Augen. Das Wissensfeuer.

»Gehen wir?«, frage ich.

Er schluckt und nickt.

Ich fasse zwischen die Holzstäbe und schiebe sie zur Seite. Sie drücken gegeneinander, kratzen dabei laut, was mich sofort an Knochenfinger denken lässt. Gemeinsam treten Noel und ich durch das Holzgeflecht.

Es riecht nach Wissen. Die warme, trockene Bibliotheksluft dringt so heftig in meine Nase und meinen Mund, diese Mischung aus Leder, Pergament und Staub, dass ich beinahe husten muss.

Auch meine Augen brauchen einen kurzen Moment, um sich an das seltsam rötliche Licht zu gewöhnen. Ich schaue nach oben. Und öffne staunend den Mund.

Bücher. Unendliche Reihen aus Büchern. Nicht nur überall in dem Labyrinth aus Regalen vor uns, nein – auch über uns. Die gesamte Innenwand des Turmes ist mit Buchrücken und Pergamentspitzen bedeckt. Wie eine endlose Tapete klettern die Reihen in die Höhe, immer neue Regalringe lösen einander ab.

Auf der gegenüberliegenden Seite des Turmes, direkt vor den Wandregalen, windet sich eine schmale Wendeltreppe aus schwarzem Eisen steil in die Höhe. Ihr gitterartiges Geländer ist höher als ich selbst. Die Treppe reicht bis ganz oben zur

Turmspitze, wo ein gewaltiger Leuchter angebracht ist, von dem das kräftige, rote Licht in die ganze Bibliothek, über das Leder und das Holz strahlt.

»Das gibt es nicht, Sam.« Noels Stimme bebt. Seine Hand tastet nach meiner und umschließt sie. Ich zucke nicht mal zurück, lasse es einfach zu.

Ich merke, wie Noels Hand zittert.

»Wir müssen uns umsehen«, flüstert er, seine Stimme verliert sich beinahe, wird nach vorn von den dichten Gängen der Regalreihen und nach oben von der offenen Höhe des Turmes geschluckt.

»Ja«, sage ich, und ich fühle mich noch armseliger als gestern auf dem Weg durchs Gebirge. Mein Blick ist auf den Boden aus Marmor gerichtet, wo sich ein Muster ausbreitet, genauso wie in der Großen Halle von Favilla. Nur ist das hier keine Flamme, sondern ein Kreis aus … knospenden Ästen? Ich kann es nicht erkennen, der Rest wird von den Regalen geschluckt.

Ich lasse den Blick nun weiter über diese Regale, die Buchrücken schweifen. Einige sehen noch aus, als hätte sich das Leder gerade erst um das Pergament geschlungen, goldene und silberne Prägungen zieren den Einband. Andere scheinen geradezu brüchig, die oberen Kanten wie angefressen. Sterbend. Aber ich suche nach etwas anderem.

Es fühlt sich falsch an, als Noel nun meine Hand loslässt und vorwärts in die Regalschluchten gehen will.

»Noel«, sage ich heiser.

»Ja?« Er dreht sich ruckartig um, eine Haarsträhne bleibt ihm verschwitzt an der Stirn kleben. Das rötliche Licht flimmert über seine kräftigen Züge in dem braunen Gesicht.

Ich schlucke. »Schau mal hier rechts.« Ich deute auf ein breites Pult, das sich etwas weiter vorn an der Turmwand befindet. Darauf liegt ein gewaltiges ledernes Buch. »Das ist wahrscheinlich der Bibliothekskatalog. Da können wir nachsehen, wo es was zu finden gibt.«

»Ja«, sagt Noel und nickt irgendwie zerstreut. »Du hast recht.«

Wir halten also nach rechts auf das Pult an der Wand zu, doch Noel hat den Blick auf die Bücher geheftet, die in den nach innen gerichteten Regalen stehen. Er fährt vorsichtig mit den Fingern über die Rücken, zieht unbeständige Linien durch den Staub.

»Sam, hier liegen die Gedanken aus Jahrtausenden. So viele«, sagt er. »Kannst du dir das vorstellen?«

Nun kommen wir vor dem Pult zum Stehen. Das Buch darauf ist riesig, bestimmt so groß wie mein Schild, den ich bei den Pferden gelassen habe. Ein silbern schimmernder Streifen umrahmt den Buchdeckel, der aus kräftigem, dunkelbraunem Leder besteht. Kein einziges Schriftzeichen ist darin eingraviert. Ich fahre mit der Hand drüber, das Leder ist weich, fast wie Fell. So eine Tierhaut kenne ich nicht, egal, wie sehr sie bearbeitet wurde.

»Na los«, drängt Noel neben mir jetzt. »Worauf wartest du?«

Vielleicht darauf, dass alles sich plötzlich auflöst? Dass ich dich nicht hintergehen muss, weil der Wissenschaftler mich nie erkannt hat? Weil du verstehst, was in mir vorgeht. Weil du verstehst, dass ich dir nicht sagen konnte, wer ich wirklich bin, und weil ich mich dir anvertrauen kann. Vielleicht darauf?

Ich streiche mir die Haare hinter die Ohren und schlage das

Buch auf. Es nützt nichts, zu zögern. Je schneller ich es hinter mich bringe, desto besser.

Der Einband gibt kein knarzendes Geräusch von sich, als der Buchdeckel aufschwingt, wie kräftiges Leder es sonst tut; er bleibt ganz stumm. Der Pergamentgeruch ist jetzt noch intensiver, als wir auf die langen Reihen aus Wörtern und Zahlen starren. In kleinen, geschwungenen Linien wurden sie auf die erste Doppelseite geritzt. Es ist der Bibliothekskatalog.

Auch wenn die Buchstaben etwas seltsam aussehen – ihre Schwünge wirken kantig, und einige Striche sind anders gesetzt, als ich es kenne –, kann ich sie doch lesen. Oben links beginnt die Liste mit den verschiedenen Abteilungen der Bodenregale, auf den nächsten Seiten geht es weiter mit den untersten Ringen der Turmwand und von dort immer weiter nach oben. Aber ich muss nicht lange suchen. Ich weiß, wo ich hinmuss.

Eilig blättere ich bis zum Ende des Buches. »Hier«, sage ich und deute auf die rechte untere Seite, wo die Abteilungen des *Kuppelringes* aufgelistet sind. Es ist der oberste Ring des Turmes, denn danach kommt nur noch ein nicht weiter definierter Abschnitt *Kellergewölbe*.

»*Vogelwesen. Phönixe.* Überleg mal, Noel«, ich fühle mich dreckig, aber ich spreche einfach weiter, »wir haben immer noch keine Ahnung, wo sich der Thronfolger aufhalten könnte. Wir wissen nur, dass die Königswachen ihn wahrscheinlich auch schon suchen. Aber er ist möglicherweise mit einem Phönix unterwegs. Wenn wir herausfinden wollen, wo sich der Phönix aufhalten könnte, dann ist das unsere Chance. Da oben könnte der Schlüssel zu allem sein, weißt du?«

Ich sehe in Noels Gesicht. Er hat den Kopf ein bisschen schief gelegt und starrt auf das Verzeichnis.

»Jetzt sind wir drin. Draußen sind die Greife. Vielleicht schaffen wir es nie wieder hier rein. Die Nebelbank könnte eine einmalige Gelegenheit gewesen sein«, sage ich, und Noel nickt langsam. Ich fahre mir mit der Zunge über die Lippen, bringe die Worte kaum hervor. »Komm, Noel, wir holen Jon das Wissen, das er mehr als alles andere benötigt«, ich fasse vorsichtig nach seiner Hand, »und über alles andere reden wir später noch mal.«

Noel blickt weiter auf den Katalog, aber ich kann sehen, dass das Wissensfeuer ungebrochen in seinen Augen brennt. Es dauert nicht mehr lange.

Und wirklich: Schon wenige Augenblicke später nickt Noel wieder. »Ja«, sagt er leise, und dann noch ein zweites Mal lauter: »Ja. Komm, Sam, der Thronfolger wartet.«

15

Die geheime Bibliothek. Wendeltreppe.

Noel geht vor. Seine Schritte klingen laut auf dem schwarzen Metall, dumpf und schrill gleichzeitig, wie dunkel läutende Glocken. Ich folge ihm, versuche, so leise aufzutreten wie möglich.

Die Treppe windet sich in engen Schwüngen um sich selbst, sodass wir schnell an Höhe gewinnen. Ich bin schon völlig außer Atem, aber ich erlaube mir nicht, anzuhalten, Noel tut es auch nicht.

In regelmäßigen Abständen öffnet sich das hohe, gitterartige Geländer der Wendeltreppe zur Turmwand hin. Von dort führen dann kleine, hölzerne Stege vor den Regalen an der Wand entlang. Auf der Abgrundseite werden sie nur durch ein niedriges Metallgeländer gesichert. Etwa auf unserer jetzigen Höhe leitet einer der Stege zum Nebenturm auf der anderen Seite, dessen Eingang mit einem Vorhang aus Holzstäben ausgestattet ist, genau wie unten beim Haupteingang.

Ich blicke nach oben. Das rote Licht vom Leuchter ist schon viel intensiver. Von hier sieht er aus wie eine feurige Sonne, die Strahlen flackern über die endlosen Bücherwände. Ihre Schatten sehen aus wie scheue Tiere, die versuchen, sich zwischen den Ledereinbänden zu verkriechen.

Dann schaue ich nach unten. Halte mich unwillkürlich am Gittergeländer der Wendeltreppe fest.

Ich habe keine Höhenangst oder so etwas. Aber wenn ich sehe, wie weit es jetzt schon hinabgeht, breitet sich trotzdem ein mulmiges Gefühl in meinem Bauch aus. Von hier oben sind die Bodenregale nur noch kleine Striche, wie Stickereien auf einem Stoffuntersetzer.

Nicht mehr hingucken! Weiter hoch, immer weiter. Die Bücherreihen scheinen kein Ende nehmen zu wollen. Ich merke, dass ich ganz schön schwitze. Und irgendwie bin ich auch total kurzatmig, so kenne ich mich gar nicht.

Noel sieht kein einziges Mal nach unten. Er hat den Blick auf die Kuppel gerichtet und geht mit gleichmäßigen Schritten immer weiter hoch. So, als ziehe ihn die Spitze dieses Turmes magisch an, seit er weiß, dass dort *die* Information für Jon sein könnte. Langsam wird der Abstand zwischen uns größer.

Ich darf keine Pause machen. Wenn er »Die Magie der Feuerwende« vor mir entdeckt, kann ich sie vielleicht nicht mehr unbemerkt verschwinden lassen. Warum überhaupt will der Wissenschaftler dieses Pergament haben? Was kann daran so wichtig sein? Phönixe. Magie der Feuerwende. Der Gedanke will mir nicht aus dem Kopf, dass es mit den Königswachen zu tun hat, die die Länder durchsuchen. Mit dem Rätsel, dem Thronfolger, mit allem. Verrate ich alles, wofür Favilla kämpft?

In meiner Brust brennt es, und mein Kopf ist ganz heiß. Ich gebe mein Bestes, doch der Abstand zu Noel vergrößert sich weiter, ich fluche leise. *Vorwärts, Sam! Nicht anhalten.*

Doch als Noel nun oben ankommt, geht er nicht einfach weiter, wie ich erwartet hätte. Er dreht sich um, sieht, dass ich noch mindestens zwanzig Stufen unter ihm bin. Wartet.

Ich erlaube mir trotzdem nicht, langsamer zu werden. Kämpfe mit den letzten Stufen. Dann bin ich bei ihm, und er schaut mich besorgt an. »Alles in Ordnung mit dir?«

»Ja«, sage ich knapp, während ich versuche, meine Atmung zu beruhigen.

»Bist du dir sicher? Du bist ganz blass um den Mund.«

»Alles gut«, sage ich und zwinge ein halbherziges Lächeln hervor. »Nur die Höhenangst.« Doch das stimmt nicht. Ich habe gar nicht mehr nach unten gesehen, aber mir ist trotzdem ganz schwindelig.

Ich mache eine fahrige Bewegung in Richtung der Regalreihen. Hier im obersten Ring unter der Kuppel ist der Steg viel breiter und aus Stein geformt. Ich kann nicht mal sehen, was genau sich noch alles auf der anderen Seite befindet.

Der Leuchter flackert in der Mitte und macht es unmöglich, dahinter etwas anderes auszumachen. Erst hier aus der Nähe erkenne ich, dass es sich um eine riesige Glaskugel handelt, die an einer schweren Eisenkette von oben herabhängt. Seltsam – müsste diese Kugel nicht viel zu heiß sein? Aber ich spüre keine Hitze, gar nichts. Im Gegenteil, obwohl ich schwitze, ist mir irgendwie viel zu kalt.

»Hier muss die Abteilung über Phönixe sein. Ich gehe rechts rum, du links«, sage ich jetzt schnell.

Noel sieht mir noch ein letztes Mal besorgt ins Gesicht. Dann nickt er.

Ich laufe los, lasse meinen Blick schnell über die kleinen Beschriftungen auf dem Holz gleiten. Mein Herz ist ein wildes Etwas. Ich bin so aufgeregt, dass ich mehrmals hingucken muss, bevor ich die kleinen, glänzenden Plaketten entziffern kann.

… Königsadler … Harpyien … Sturmfalken …

Komm schon, komm schon, komm schon …

… Greife … Phönixe

Das ist es! Ich bin kurz davor! Mein Blick rennt über die einzelnen Pergamente und ihre Beschriftungen wie ein panisches Tier. Immer schneller. Schauer jagen mir den Rücken hinunter.
Da.

Die Magie der Feuerwende

Ich werfe einen hastigen Blick zu Noel hinüber. Von seiner Position aus müsste ich sehr gut zu erkennen sein. Aber er sucht unermüdlich die Regalreihen auf seiner Seite ab.

Ich wende mich wieder dem Pergament mit dem großen, roten Wachssiegel zu, greife vorsichtig danach, ziehe es heraus und lasse es in einer fließenden Bewegung unter das Leder meiner Rüstung gleiten. Ich klemme es zwischen Gürtelsaum und Haut.

»Sam!« Noels Stimme ist wie ein Peitschenhieb, der direkt durch meine Brust ins Herz knallt. Ich fahre heftig zusammen.

»Ganz vorsichtig, Sam«, sagt Noel jetzt etwas leiser. »Nicht bewegen.«

Ich drehe mich zu ihm um, aber er schaut gar nicht direkt zu mir. Sein Blick ist auf etwas gerichtet, das sich hinter mir befindet.

Ich folge diesem Blick.

Und werde zu Stein.

Dort auf der anderen Seite der Kuppel erkenne ich einen Bereich, wo keine Bücher stehen. Wie eine Höhle inmitten der Leder- und Pergamentwände. Und in dieser Höhle, im Schatten der großen, roten Flamme, bewegt sich etwas.

Ein massiger, grauer Körper, ein Schnabel, Gefieder, Schwingen, Krallen.

Ein dritter Wächter.

Ich blinzele mehrmals. Meine Augen wollen es nicht glauben.

Die Flügel des Vogelwesens sind angelegt, der Kopf ist geduckt. Aber jetzt bewegt dieser Kopf sich zu uns, und kalte, starre Augen sehen zu uns herüber.

Wir wurden entdeckt.

16

Die geheime Bibliothek. Kuppelring.

Der Greif löst sich aus dem Schatten.

Wieder erinnern mich seine Bewegungen an die einer großen Raubkatze, als er jetzt die ersten Schritte auf dem steinernen Steg macht. Kraftvoll, lauernd, ich spüre jede Bewegung unter meinen Füßen vibrieren.

Er hat die Flügel noch immer angelegt. Sein Blick ist stechend. Er nimmt ihn nicht einen Moment von mir.

Die Kreatur ist riesig, groß wie eine Balliste, geht es mir durch den Kopf, *ein Schnabelhieb könnte mich in der Mitte zerteilen.*

Der Greif kommt weiter den Steg entlang auf mich zu, und ich weiß nicht, was ich tun soll. Rennen? Kämpfen? Schreien? Mir ist nach allem auf einmal.

Aber ich stehe nur da, während das Wesen auf mich zupirscht.

Es sind jetzt höchstens noch fünfzehn Schritte, ich erkenne das schwere, graue Gefieder. Wie eine Rüstung aus Eisenschuppen schmiegen die Federn sich an seinen Körper. Meine Kehle schnürt sich zu.

Die schweren Krallen kratzen auf dem Steg, und ich muss

bei dem Geräusch an den Federkiel des Wissenschaftlers auf dem Pergament denken. Nur ist das hier keine vage Drohung. Es ist real, was sich dort über den Stein bewegt.

Bloß ... worauf wartet er? Warum greift er nicht einfach an? Genießt er diesen Moment etwa wie eine Katze, die mit ihrer Beute spielt?

Auf jeden Fall muss ich versuchen, einen Vorteil daraus zu schlagen. Ich atme flach. Wieder jagen Schauer über meinen Rücken, ich kann nicht sagen, ob aus Erschöpfung oder Angst.

Nun setze ich langsam einen Fuß nach hinten. Noch einen, allzu weit ist die Wendeltreppe nicht entfernt, das hohe Eisengeländer könnte Schutz bieten. Noch einen Schritt, noch einen, ganz langsam aber sicher nähere ich mich der Treppe hinter mir.

Der Greif folgt, der Abstand zwischen uns schrumpft. Aber ich traue mich nicht, schneller zu werden.

Plötzlich spüre ich eine Bewegung, und ehe ich weiß, was passiert, hat Noel sich an mir vorbeigeschoben. Er hält die Hand am Griff der Streitaxt, die an seinem Gürtel befestigt ist.

Er will gerade etwas zu mir sagen, da geschieht es: Der Greif ruckt mit dem Kopf nach oben, reißt den Schnabel auf. Und aus seiner Kehle dringt ein scharfer Schrei, der sich wie ein Dolch bis tief in meinen Kopf bohrt. Ich stöhne auf und presse mir die Hände auf die Ohren. Doch es hilft überhaupt nichts, der Schrei drängt sich gnadenlos in meinen Schädel.

Dann verstummt der Greif, ein schrilles Surren bleibt in meinem Kopf zurück, und wie durch Nebel sehe ich die Kreatur zum Sprung ansetzen.

Noel und ich drehen uns gleichzeitig um, beginnen zu rennen. Das ist alles, was uns jetzt noch bleibt.

Die Wendeltreppe. Es ist nicht weit. Es ist machbar. Hinter uns tönt ein mächtiges Rauschen, ich wende den Kopf, sehe den Greifen heranschießen, eine Wand aus Grau, die uns vernichten will. Doch da bin ich bei der Treppe.

Ich schwinge mich hinter das Geländer, dicht gefolgt von Noel, in diesem Moment prallt auch schon der Körper des Greifen mit einer solchen Wucht gegen das Eisen, dass es sich nach innen biegt. Seine Klauen schnappen zwischen den Stäben hindurch und verfehlen nur knapp meine Schulter.

»Runter«, keucht Noel. Wir stürzen, so schnell es geht, die Treppe hinab. Vor meinen Augen flackert es.

In den alten Kriegsberichten steht geschrieben, dass in ihren Krallen ein Gift schlummerte, das sich in den Blutbahnen ihrer Opfer ausbreitete und sie von innen heraus in Stein verwandelte.

Er hat mich eben gerade fast erwischt. Das mannshohe, gitterartige Geländer umfasst die gesamte Außenseite der Wendeltreppe und mag ein Schutz sein – aber ob das wirklich ausreicht?

Noel ist direkt hinter mir, macht allerdings keine Anstalten, mich zu überholen. Ich bin froh darüber. Er ist zwar genauso machtlos gegen dieses tödliche Wesen dort oben wie ich. Trotzdem ist es ein gutes Gefühl, ihn gleich hinter mir zu wissen.

Wir rennen weiter. Ich kämpfe gegen den Schwindel an, der mich in immer neuen, immer heftigeren Wellen erfasst. Und mein rechter Oberarm tut schon wieder so furchtbar weh.

Plötzlich donnert der Greif wie eine Katapultkugel von der Seite heran, schlägt gegen das hohe Treppengeländer. Der Aufprall wirft Noel und mich nach hinten, wir werden auf der anderen Seite vom Eisengitter abgefangen. Ich taumele, ich kann nicht mehr richtig sehen, die Schmerzen zucken jetzt unkontrolliert durch meinen rechten Arm.

Ich spüre, wie Noel mich festhält und irgendetwas sagt, das ich nicht verstehe. Ich kralle mich in seinen Rücken. Er zieht mich die Treppen runter, ein nächster Aufprall schmettert durch das Eisen, Noel hält mich einfach weiter fest.

Erst ganz langsam klärt sich meine Sicht wieder. Das Gittergeländer über uns ist völlig verbogen, aber anscheinend ist der Greif nicht ganz durchgebrochen. Nur deshalb sind wir wohl noch am Leben. Ein greller Schrei dringt über uns durch den Turm, wahrscheinlich nimmt der Wächter Anlauf für den nächsten Angriff.

Meine Füße bewegen sich jetzt wie von selbst mit, während Noel mich immer weiter die Treppe runterzieht.

Ein Schatten rauscht vorbei. Ich erwarte, dass ein Aufprall uns jeden Moment wieder nach hinten stößt, aber einen Augenblick lang passiert gar nichts. Dann kracht es unter uns, vielleicht zehn Schritte tiefer. Die Treppe erzittert. Wir halten ruckartig an. Was?!

Wieder kracht es. Was geht da vor sich? Ich stürze nach vorn ans Geländer, starre angestrengt nach unten.

In diesem Moment sehe ich, wie der Greif ein drittes Mal unten in die Wendeltreppe donnert, und jetzt verstehe ich auch, was er vorhat. Er hat sich dreimal in genau die gleiche Stelle geschleudert. Das Eisen ist schon völlig verbogen, man kommt da kaum noch durch – *er schneidet uns den Weg ab!*

»Scheiße«, fluche ich, und wieder beginnt es vor meinen

Augen zu flackern. Ich habe keine Ahnung, wie lange ich das hier noch durchhalte.

»Der Nebenturm«, ruft Noel, als es unter uns wieder kracht und die Wendeltreppe jetzt schon mehr als bedenklich schwankt. »Der Steg über uns führt zu ihm. Das ist unsere einzige Chance! Komm!«

Wir hasten nach oben, schnell zu dem Punkt, wo sich das Geländer zu einem der Holzstege hin öffnet. Und raus.

Es kommt mir vor, als hätte ich eine endlose Leere betreten. So als wäre da rechts von mir nichts als Tiefe, und irgendwie stimmt das ja auch. Ich habe das Gefühl, jeden Moment in sie hineinzukippen.

Noel dreht sich hektisch zu mir um. »Na los, Sam. Schneller.«

Ich nicke. Folge ihm. Ich hefte den Blick nach links auf die Bücher, Leder, Pergament, Holz. Wenn ich nach unten schaue, ist es vorbei, dann greift die Tiefe nach mir.

Einfach hier entlang. Einfach hier auf dem Steg entlang, und dann bist du beim Turm. Vor dir ist Noel, du musst ihm nur nach, es kann nichts passieren.

Aber dann – ich weiß nicht, warum – schaue ich doch nach unten.

Und es durchbohrt mich wie eine spitze Kralle.

»Noel!«, schreie ich, da ist der Greif schon heran, mir bleiben nur Augenblicke, um zu reagieren.

Ich mache einen Hechtsprung nach vorn.

Schaffe es irgendwie, Noel mitzureißen.

Der Luftstoß hinter mir hat die Kraft eines Orkans. Ein ohrenbetäubendes Donnern, als der Greif direkt hinter uns in die

Regale kracht. Die Regalwand birst, während wir schmerzhaft auf dem Holzsteg aufschlagen, unzählige Bücher schleudern herab, verschwinden in der Tiefe. Ein Holzgestell neigt sich nach vorn. Dann kippt es knarrend auf den Steg, der erzittert, und von dort auch den Turm hinab.

Den Aufprall hören wir nicht, der Greif kreischt, außer sich vor Wut. Er muss uns um nur eine Handbreit verfehlt haben.

Atemlos rappeln wir uns vom Boden des Stegs auf. Gleich vor uns ist schon der Eingang zum Nebenturm, eine kleine unscheinbare Öffnung im Stein, zu klein für einen Greifen. Wir müssen es schaffen.

Hinter uns kreischt der Wächter erneut. Ich reiße den Kopf herum, sehe, wie er einen Bogen fliegt, um dann wieder auf uns zuzuschießen. Noch einmal werden wir es nicht schaffen, auszuweichen.

Aber da haben wir den Eingang erreicht, wir hechten durch den Vorhang aus Holzstäben. Landen in einem düsteren Vorraum, ganz ähnlich wie unten beim Haupteingang. Eine Klaue schießt uns durch die Stäbe hinterher, kratzt flüchtig über das Leder an Noels Schulter.

Wir weichen nach hinten zurück, die Kralle tastet blind nach uns. Ich bekomme kaum Luft, kann meinen Blick nicht von diesen spitzen Klauen nehmen, die kurz davor waren, sich in meinen Körper zu rammen.

Wir weichen weiter zurück, nach hinten gibt es noch einen Vorhang aus Holzstäben, den wir nun durchqueren.

Das Kreischen des Wächters dringt jetzt nur noch gedämpft zu uns durch, dann donnert es, und der Nebenturm erzittert kurz.

Noel starrt in Richtung des Eingangs. »Er hat erst angegriffen, als ich dazukam«, sagt er verwundert, und als ich ihn verständnislos anschaue, schüttelt er schnell den Kopf. »Egal. Los. Wir haben nicht viel Zeit.« Er macht einige Schritte in den riesigen, runden Raum, den ich erst jetzt richtig wahrnehme.

Wir stehen vor einem Arsenal von Waffen: Schwerter, Äxte, Dreschflegel, Speere, Lanzen, Schilder, Armbrüste, Bögen. Der ganze Saal ist voll von ihnen. Sie liegen in Reihen auf großen Steinbänken, sie stehen in der Hand von Plattenrüstungen ohne Träger, sie hängen in Vitrinen wie Echsen im Terrarium. Mir wird schwindelig bei dem Anblick.

»Der Greif wird früher oder später durch den Eingang brechen«, ruft Noel. »Komm.«

Er rennt zwischen die Waffenreihen. Ich will ihm nach und ihm sagen, dass es keine Waffe gibt, die einen Greifen verletzen kann. *Wir haben keine Chance*, will ich sagen.

Aber ich stehe nur dort und versuche, nicht umzukippen. Mein Arm pocht wie wild, schickt die Schmerzen jetzt in heftigen Wellen durch meinen ganzen Körper. Und alles, was ich denken kann, ist, ob hier auch solche Handschuhe wie die von Mirlinda gelagert sind.

Wo ist überhaupt Noel? Ich kann ihn nicht mehr sehen zwischen den Waffen. Mir ist so schwindelig. Ich kann nicht mehr ... Alles dreht sich ... Ich ... Wo ...

Plötzlich ist Noel wieder da. Er trägt irgendetwas mit sich. Bindet es um meine Hüfte. Was macht er da? Vom Eingang ein Donnern. Bersten von Stein. Was macht Noel da? Ich streiche ihm übers Gesicht. Mein Kopf ist so heiß. »Hast du die Handschuhe von Mirlinda gefunden, Noel?«, frage ich ihn.

Jetzt nimmt er mein Gesicht in beide Hände. Ich will, dass er mich küsst. Aber er redet nur eindringlich auf mich ein. »Sam ...«, die Worte dringen wie durch Watte zu mir durch, »... *bricht gleich ... springen ...*«, ich nicke, »... *verstanden Sam?* ...«, jetzt kommt er meinem Gesicht noch näher, und ich sehe seine Augen ganz klar, sie sind aufgewühlt, völlig aufgewühlt, »... *vertrauen, dass du mit mir springst?*« Ich nicke, ich versuche, ihm in die Augen zu gucken, diesmal verstehe ich, was er meint. »... *Halt dich an mir fest.*«

Wieder donnert es vom Eingang. Wieder bricht Stein. Und jetzt dringt das rote Licht von dort zu uns hindurch. Es schüttelt mich. Ich habe Angst.

»Los!«, schreit Noel, nimmt meine Hand, und wir rennen dem Donnern entgegen.

Da ist der Greif. Er hat den Eingang völlig zertrümmert. Wie ein fliegendes Gebirge schwebt er davor. Er sieht uns. Er kreischt. Er schießt vor. Aber da sind wir schon an der Kante, und es gibt nichts zu zögern, wir stoßen uns ab. Springen in die große Leere des Turmes.

Noel hat einen Arm um meine Hüfte geschlungen. Er wirbelt etwas, wirft? Keine Ahnung, alles flackert schon wieder. Aber eins merke ich: Es geht abwärts. Rasend schnell abwärts. Wir stürzen auf die Regale am Boden zu. Die Luft reißt an mir. Wir stürzen so schnell. Die Regale werden größer, gleich schlagen wir auf.

Ich schließe die Augen und klammere mich an Noel fest.

»Ich will nicht sterben, Noel«, flüstere ich.

Dann ruckt es kräftig, etwas quetscht meine Hüfte, mir bleibt für einen Moment die Luft weg. Ich reiße die Augen auf. Wir sind nicht aufgeschlagen. Wir schwingen vorwärts, kurz über dem Boden, auf eines der Regale zu. Noel streckt die Füße vor und landet auf dem Regal. Es erzittert, wackelt, aber es bleibt stehen. *Wir* bleiben stehen auf dem Regal. Wir sind nicht aufgeschlagen. Schwarz flackert es vor meinen Augen. Wir leben!

Noel löst etwas von meiner Hüfte.

»Wir müssen runter, schnell«, presst er hervor, und ich will ihm helfen, aber ich kann nicht mehr. Mein Arm. Es flackert noch mal schwarz, immer schneller jetzt, und ich kippe nach hinten. Spüre, wie Noel mich auffängt. Höre das Kreischen von oben. Wir hätten. Mirlindas Handschuhe gebraucht. Sie hätten den Greifen verletzen können. Oder den Totengräber. Wir …

Es geht irgendwo runter, Holz, Luftstöße, eine Klappe, dann wieder runter. Was passiert? Noel ist da. Es ist alles gut, Noel ist da. Ich schließe die Augen. *Mein Arm.*

17

Die geheime Bibliothek. Kellergewölbe.

»Sam.« Etwas schlägt mir immer wieder gegen die linke Wange, ich versuche, es mit einer Handbewegung wegzuwischen, aber das klappt nicht. Irgendwo weit über mir donnert es.

»Sam!«

Ich öffne die Augen.

Noels besorgtes Gesicht ist ganz dicht vor mir. Schweißperlen malen ein Muster auf seine Stirn. Er senkt die Hand. »Sam«, sagt er, »bleib bei mir.«

Ich nicke, aber meine Lider sind so schwer, dass sie einfach wieder zufallen wollen.

Noel greift nach meinem Ohr und dreht mir kräftig das Ohrläppchen um.

»Au!« Hilflos boxe ich nach ihm.

»Hey«, sagt Noel und streicht mir die Haare nach hinten, »sieh mich an.«

Ich gebe mein Bestes, ertrage kaum die Angst in seinem Blick. *Er hat Angst um mich.*

»Was ist los mit dir?«, fragt er eindringlich. »Was fehlt dir?«

»Mein Arm.« Langsam wird mein Kopf etwas klarer. Er

glüht immer noch, und die Schauer jagen über mich hinweg wie Sturmböen. Aber ich nehme alles wieder ein bisschen besser wahr.

»Klar.« Noel fasst sich an die Stirn. »Ich Trottel.« Dann streift er sofort meinen Ärmel nach oben, zieht einen Dolch aus dem Gürtel und macht sich an meinem Verband zu schaffen.

»Wo sind wir?«, frage ich, und wieder erklingt ein dumpfes Donnern von oben.

Ich starre hoch, durch die Decke fällt in winzigen, kaum wahrnehmbaren Schlitzen rotes Licht, aber es reicht, um dem Gemäuer eine schummrige Beleuchtung zu verleihen. Über diesen Schlitzen bewegt sich etwas, verdunkelt einige von ihnen für einen Moment, dann kracht es.

»Die Kellergewölbe«, sagt Noel, während er ganz vorsichtig damit beginnt, den Verband aufzuschneiden. »Der Greif kommt hier nicht rein.«

Hinter ihm ragt ein großes, ausgestopftes Tier auf, vielleicht ein Bär. Daneben etwas Kleineres, Katzenartiges. Beide haben die Zähne in die Finsternis gefletscht. Sie sind mit dicken Spinnweben überzogen – wie alles hier. Die klebrigen Fäden haben sich wie ein endloses Tuch über die Ansammlung aus Gegenständen gelegt.

Rechts von mir stehen Skulpturen, weitere liegen umgestürzt davor. Daneben sammeln sich ganze Stapel alter Gemälde, Schmuckstücke, Pokale.

Hinten links recken sich Gitterstäbe vom Boden hoch, und als ich genauer hinsehe, erkenne ich, dass es sich um große, rostige Käfige handelt.

»Okay. Ich bin ganz vorsichtig«, sagt Noel. Er hat die letzte

Lage des Verbands erreicht. »Aber es könnte trotzdem wehtun.«

Ich nicke. Er holt einmal tief Luft, dann zieht er. Es macht ein reißendes Geräusch, und ich spüre ein unangenehmes Ziepen, mehr nicht. Ich schaue auf meinen Oberarm.

Und plötzlich wünschte ich, mein Kopf wäre wieder woanders, durcheinander, und ich könnte nicht sehen, was ich sehe.

Noel versucht, sich nichts anmerken zu lassen, legt sorgfältig den Verband beiseite. Aber ich habe gesehen, wie groß seine Augen eben vom Schock geworden sind.

Die Stellen an meinem Oberarm, wo die Zähne des Kampfhundes ins Fleisch gedrungen sind, sind dunkel verkrustet, um sie herum ist die Haut rot und geschwollen. Und unter der Wunde, die einer der Fangzähne gerissen hat, hat sich eine pralle, dicke Beule gebildet. Sie ist bestimmt so groß wie ein halbes Hühnerei, und unter der geröteten, körnigen Haut schimmert gelbrahmiger Eiter.

Der Druck auf der Wunde wird unerträglicher, je länger ich hinschaue.

»Scheiße«, keuche ich.

Noel schluckt. »Das ist halb so wild«, sagt er dann, und ich würde ihm nur zu gern glauben. »Das kriegen wir wieder hin.«

Er knipst seinen Trinkschlauch vom Gürtel und zieht seinen Dolch. Dann sieht er mich eindringlich an. »Der Eiter muss raus.«

»Ich weiß.«

Noel nimmt meinen Unterarm in die Linke, ich habe noch nie in meinem Leben jemanden so konzentriert erlebt. Es ist, als wäre ich nicht mehr da, sondern nur noch der Arm. »Abszessspaltung«, murmelt er zu sich selbst. »Ein langer Schnitt. Nicht tief.«

Nun setzt er die Klinge an, ich zucke einmal kurz zusammen, als das kühle Metall meine Haut berührt. Ich halte die Luft an. Bleibe jetzt ganz ruhig. Die Wunde pocht.

Schnitt.

Die Haut reißt förmlich auf, doch der Schmerz ist nichts gegen das erleichternde Gefühl, das beinahe zeitgleich eintritt. In kräftigen Stößen fließt der Eiter aus der Wunde, etwas Blut mischt sich dazu. Die gelbe Flüssigkeit rinnt meinen Arm hinab, sie riecht faulig. Aber mich ekelt das nicht, ich bin einfach nur froh, dass sie aus meinem Arm raus ist.

Noel sieht mich an. »Geht's?«

Ich nicke.

»Gut.« Er konzentriert sich wieder auf meinen Arm. »Säubern. Verbinden.«

Er löst seinen Trinkschlauch vom Gürtel. Und … was macht er jetzt?

Noel fängt an, seine Lederrüstung zu lösen, und schon kurz darauf hat er sie abgestreift. Er zieht sich nun das Unterhemd aus Leinenstoff über den Kopf und entblößt seinen muskulösen Oberkörper.

»Denkst du, sowas zieht bei mir?«, sage ich und lächele matt.

»Na, beim Wassereinbruch hat es damals auch geholfen.«

Über Noels Gesicht huscht ebenfalls ein kurzes Lächeln. Er nimmt das Leinen in beide Hände und reißt kräftig. Es ratscht, und er hat ein Stück Stoff in der Hand. Das teilt er dann noch mal in zwei Hälften.

Nun rückt Noel zu mir und tröpfelt Wasser über die Wunde. Die kühle Flüssigkeit fühlt sich gut an auf meiner glühenden Haut.

Noel wischt den Arm sauber, auf der Wunde selbst tupft er nur ein paarmal vorsichtig. Aber sogar das lässt mich schon scharf die Luft einziehen.

Schließlich bindet er das zweite Stück Leinen um die Wunde. Es zieht unangenehm, und kurz wird mir wieder schwindelig.

Trotzdem geht es mir immer noch besser als vor dem Schnitt. Dieser schreckliche Druck pocht nicht mehr in meinem Arm, und mir ist nicht mehr ganz so heiß wie vorher.

Doch auch ich habe in Heilkunde ab und zu aufgepasst. Die Entzündung ist so nicht behoben. Lange nicht behoben. Es wird schon bald wieder deutlich schlimmer werden.

»Sam?« Noels Stimme klingt belegt.

»Mhm.«

»Ich weiß, wie schlecht es dir geht. Und ich würde alles dafür geben, uns retten zu können. Aber *ich* kann uns nicht retten.« Noel holt Luft, in seinem Gesicht arbeitet es. »Du musst es tun.«

Über uns donnert es wieder, gleich darauf ein dumpfes Krachen. Noel sieht mir direkt in die Augen. Er wartet darauf, dass ich antworte.

»Das verstehe ich nicht«, sage ich leise.

»Der Greif hat erst angegriffen, als ich dazukam«, sagt Noel. »Ich habe mich vor dich gestellt, und ab diesem Moment wollte er uns vernichten. Vorher hat er dich nur belauert, vielleicht sogar nur interessiert angeschaut.«

»Warum sollte er das tun?«

»Weil du eine Tochter des Brennenden Königs bist, Sam. Diese Wesen gehorchen ihm anscheinend aus irgendeinem Grund. Du bist von seinem Blut. Vielleicht gehorchen sie auch dir. Oder sie tun dir zumindest nichts.«

Ich schüttele energisch den Kopf, aber Noel lässt sich nicht beirren. Er spricht ruhig und bestimmt. »Wer ist dafür zuständig, dass den Wissenschaftlern in regelmäßigen Abständen Zutritt zur Bibliothek gewährt wird?«

»Drei meiner Halbbrüder.«

»Siehst du. Glaubst du, sie zeigen den Greifen ein Wachssiegel oder so etwas, bevor sie mit den Wissenschaftlern in den Turm gehen? Nein. Ihre Blutsverwandtschaft ist ihr Siegel. Dein Siegel.«

»Aber ...« Plötzlich habe ich das Gefühl, meine Stirn glüht wieder wie Feuer. »... ich gehöre nicht mehr ihm ... ich habe ihm nie gehört ...«

Noel nickt. »Ich weiß, aber trotzdem bist du seine Tochter.«

»Das hat nichts zu bedeuten«, sage ich verzweifelt. Ich kralle die Hände in meine Leinenhose. »Der Greif würde uns angreifen. Er würde uns umbringen. Es hat überhaupt nichts zu bedeuten.«

»Warum stehst du nicht *einmal* dazu, wer du bist?« Noel redet immer eindringlicher. »Warum verschließt du so krampfhaft die Augen davor?«

»Tue ich nicht.«

»Na klar.«

»Du hast gut reden.« Mein Kopf wird immer heißer, ich hebe die Stimme. »*Du* findest es doch so schrecklich, wer ich bin. Du willst doch, dass ich Jon meine *Schuld* selbst gestehe.

Aber weißt du was, Noel? Ich kann nichts dafür. Ich habe es mir nicht ausgesucht.«

»Ich weiß.« Und jetzt senkt Noel das erste Mal, seit er hiermit angefangen hat, den Blick. Er greift vorsichtig nach meiner Hand. Seine bebt. »Und ich weiß auch, wie bescheuert ich mich benommen habe, Sam. Nicht nur einmal. Ständig und überhaupt. Ich habe dir nichts vorzuschreiben, und ich hätte es nie versuchen sollen.« Noel hebt den Kopf, und so, wie er mich anschaut aus seinen warmen, braunen Augen, will ich ihm alles glauben. Und gleichzeitig will ich nicht hören, was er mir nun zu sagen hat.

»Aber wenn du jetzt nicht da hochgehen und die Tochter des Brennenden Königs sein kannst, dann werden wir hier nicht wieder rauskommen.«

Ich schlucke, mein Hals ist eng und brennt. Mein Kinn zittert.

Das kann doch unmöglich stimmen. Das kann doch nicht die einzige Chance sein. Aber was, wenn es eine Chance ist …

Fürchte nicht die Wächter. Sie werden es merken, hat der Wissenschaftler geschrieben.

Er wusste von den Greifen. Dass eine Nebelbank aufziehen würde, konnte er nicht ahnen. Und trotzdem ist er fest davon ausgegangen, dass ich ihm das Pergament bringen kann.

Möglicherweise hat Noel recht.

Er hält noch immer meine Hand. Unter meinem Verband spüre ich ein dumpfes Pochen. Noel hat einen Grund, das hier vorzuschlagen. Er weiß es, und ich weiß es. Mit jedem Augenblick, den wir verstreichen lassen, breitet sich der Tod weiter in meinem Blut aus.

Ich muss mich jetzt entscheiden.

Und ich habe es längst.

Vielleicht hat Noel recht, vielleicht irrt er sich. Aber so oder so. Ich werde nicht hier unten vor mich hindämmern und darauf warten, dass der Wundbrand mich dahinrafft.

Ich stehe auf.

18

Die geheime Bibliothek. Kellergewölbe.

Noel stützt mich, während ich die schmalen Treppenstufen hinaufgehe. Kurz wollte ich seine Hilfe abschlagen, wie aus Gewohnheit. Aber ich kann sie jetzt wirklich gut brauchen.

Mein Kopf ist heiß und verschwitzt. Mein Arm pocht weiterhin wie wild. Und ich glaube, das Einzige, was mich halbwegs klar denken lässt, ist die schreckliche Aufregung. Sie pustet etwas von dem Schwindel aus meinem Schädel.

Das hier könnten die letzten Momente meines Lebens sein.

Dort oben ist die Luke. Wir sind nicht mehr weit entfernt. Ich kann den Greifen nicht länger über den Boden rumoren hören. Keine Schatten wälzen sich mehr über die schmalen Lichtstriche. Aber ich bin mir ganz sicher, dass er nur auf uns wartet.

Meine Beine werden immer schwerer, wollen sich die Treppen nicht rauf bewegen. *Egal. Weiter. Irgendwie weiter.* Wenn ich jetzt zögere, dann weiß ich nicht, ob ich es da hochschaffe.

Erst vor der Luke halte ich an, drücke das dunkle, metallverstärkte Holz vorsichtig auf. Es knirscht leise.

Das rote Licht strahlt uns entgegen. Der Bücherstaub zwängt

sich sofort in meine Brust. In der Bibliothek ist es wärmer als in den unteren Gemäuern, aber mir ist nur noch kalt.

Ich hebe mich seitlich auf den Turmboden, drücke mich mit meinem gesunden Arm und beiden Beinen ganz durch die Luke.

Noel folgt mir nach oben. Ich habe gar nicht erst versucht, ihn zu überreden, dass er unten bleibt.

Ich richte mich auf, sehe nach rechts und links. Um mich herum zeugt alles von der zerstörerischen Wut des Greifen. Ein Schlachtfeld aus zerbrochenen Regalen erstreckt sich vor uns, abgeknickt, ineinandergestürzt. Herausgefallene Bücher umgeben sie wie kleine, dunkle Aaskrähen, die jeden Moment aufflattern könnten.

Ich nehme eine Bewegung über uns wahr, werfe einen schnellen Blick nach hinten zu Noel.

Er nickt mir zu. Ich versuche, mir sein Gesicht genau einzuprägen.

Dann drehe ich mich um und trete vor. Über die Regalleichen hinweg gehe ich auf die Mitte des Bibliotheksrundes zu. Ich suche mir einen festen Stand auf dem Boden. Erst dann richte ich meinen Blick in die Höhe. Nur wenige Momente später ist der Greif heran.

Er schwebt über mir. Ganz dicht.

Seine Flügel schlagen kraftvoll, um ihn in der Luft zu halten. Ich muss mich gegen die Windstöße stemmen, damit sie mich nicht zurückdrängen, mein Haar flattert nach hinten. Das gewaltige Wesen verdunkelt das Licht aus der Turmspitze, es nimmt meine ganze Welt ein. Vor ihm fühle ich mich so klein und wehrlos.

Der Greif kommt noch ein Stück näher. Seine Augen sind von einem starren Silber, und er hält mich mit seinem unbarmherzigen Blick gefangen. Ein Zucken nach vorn würde ausreichen, um mich aufzuspießen. Es wäre nichts für ihn. *Fressen Greife ihre Opfer?*

Der Staub der Bücher drückt immer fester in meine Brust, erstickt die Luft dort. Ich schwitze kalt. Alles in mir schreit danach, zurückzuweichen.

Der Greif wird jeden Moment zuschlagen. Warum sollte es ihn abhalten, dass ein bestimmter Mann mein Erzeuger ist? Warum in aller Welt sollte es das?

Er genießt diese letzten Augenblicke. Aber er kennt kein Siegel, es ist ihm völlig egal. Er wird mich töten. Er wird Noel töten. Ich muss hier weg. Der Ausgang ist nicht weit. Wenn ich jetzt renne, kann ich es schaffen. Ich sollte – *nein*.

Ich renne nicht weg. Ich renne nicht mehr weg.

»Ich bin die Tochter des Brennenden Königs«, sage ich und merke, wie meine Stimme mit jedem Wort fester wird. »Ich bin die Tochter des Brennenden Königs, und du hättest uns niemals angreifen dürfen. Du darfst mich nicht verletzen. Du lässt uns gehen.« Ich atme einmal tief ein, so als hätte ich lange die Luft angehalten, dann füge ich noch leise hinzu, vielleicht am allermeisten für mich: »Ich habe keine Angst vor dir.«

Die gnadenlosen Augen des Greifen bleiben auf mich gerichtet wie zwei Pfeilspitzen. Er schlägt weiter mit den Flügeln, stößt ein Schnauben aus.

Ich sehe ihn unbeeindruckt an. Mein Rücken ist gerade. Mein Kinn leicht nach vorn gereckt.

Die Zeit dehnt sich ins Unendliche. Der Schwindel kriecht langsam wieder in meinen Kopf, will die Macht zurück. Aber ich ignoriere das. Ich rühre mich nicht vom Fleck.

Da stößt der Greif plötzlich einen wütend unterdrückten Schrei aus. Er ruckt kräftig mit den Flügeln und steigt in die Luft. Er steigt immer höher, an den Bücherreihen des Turmes hinauf. Mit jedem Schlag seiner Schwingen wird er kleiner, so als würde er am Ende zwischen den Buchdeckeln verschwinden, in die alte Zeit zurück, aus der er stammt. Und ich stehe in der Mitte der zertrümmerten Regale und schaue ihm wie gebannt nach.

»Gehen wir!« Noel reißt mich aus meiner Trance. Er steht auf einmal neben mir, lächelt. »Ich wusste, dass du es schaffst, Sam.«

Bevor ich etwas erwidern kann, bedeutet er mir mit einem Kopfnicken, dass wir jetzt lossollten.

Eilig steigen wir über die Regale und gehen auf den Ausgang zu.

Noel bedient die Winde, ich sehe dem Tor zu, wie es langsam nach oben fährt. Und so erleichtert ich in diesem Moment bin, dass der Greif uns verschont hat – ich merke, wie die fiebrigen Schauer langsam, aber sicher zurückkehren. Und das macht mir beinahe genauso viel Angst, wie der Wächter es eben noch getan hat.

Das Tor ist oben. Raus. Das Tageslicht blendet mich wie eine grelle Explosion. Ich taumele ein paar Schritte nach hinten. Fange mich.

»Alles in Ordnung?«, fragt Noel besorgt.

Ich bleibe noch einen Moment stehen, blinzele mehrmals.

Scheiße. Mir gefällt das hier ganz und gar nicht. »Beeilen wir uns, heimzukommen«, sage ich dann heiser.

Wir verlassen den Vorhof der Bibliothek und nehmen den von abgebrochenen Säulen gesäumten Pfad in der Mitte des Talkessels. Ein kurzer Blick Richtung Himmel bestätigt mir, was ich irgendwie schon wusste: Die beiden Greife auf der Kuppel machen keine Anstalten, uns zu folgen.

Dann konzentriere ich mich ganz auf meine Schritte. Denn schon das wird zunehmend schwieriger, mein Atem flacher. Noel bemerkt meine Mühe und fängt wieder an, mich zu stützen. Ich wehre mich nicht.

Den Weg bekomme ich nur noch halb mit. Einen Fuß vor den anderen setzen. *Komm schon, Sam, einfach nur einen Fuß vor den anderen.*

Irgendwann, ich weiß nicht, ob nach wenigen Augenblicken oder Stunden, haben wir Ginger und Buntig in der Schlucht erreicht, und es geht mir schlecht.

Es ist jetzt alles wieder da. Das Flackern. Die Schmerzen. Die Hitze. Die Kälte. Diese Kälte. Mir ist plötzlich so unglaublich kalt. Ich bin müde. Mir ist so …

Noel hält mich aufrecht. »Mach mit«, sagt er, und ich gebe mein Bestes, als er mich auf Gingers Rücken hebt. Aber ich glaube, ich helfe überhaupt nicht. Noel schwingt sich hinter mich.

Ich lasse mich einfach nach hinten fallen, gegen seinen schweren, starken Körper. Er schlingt die Arme um mich.

Ich kippe ein bisschen zur Seite. Er hält mich. Ich schaue zu ihm hoch.

Und für einen Moment ist alles Flackern verschwunden,

und wir sehen uns nur an. Vielleicht verliere ich gleich das Bewusstsein. Ich will die Züge seines Gesichts mit dem Finger nachzeichnen, die kräftigen Linien um seinen Kiefer, die erschöpften Ringe unter seinen Augen, die feinen, kaum wahrnehmbaren Grübchen, da, wo die Wangen anfangen. Vielleicht ist das hier der letzte Blick in sein Gesicht.

»Wir kriegen das schon hin«, sagt Noel.

»Na klar.« Meine Stimme ist kaum mehr als ein Flüstern.

Noels Miene verkrampft sich. Seine Lippen zittern. Seine Hände krallen sich in meine Seite. »Ich liebe dich, Königstochter«, haucht er leise. »Du bist das Mädchen, in das ich mich verliebt habe, Sam.«

Ich streiche ihm schwach über das Gesicht, durch sein schwarzes, dichtes Haar. Meine Augen brennen. »Ich hab dich auch ein bisschen gern, Minenjunge«, flüstere ich.

Seine festen Lippen landen auf meinen, urplötzlich und mit Wucht, aber gleichzeitig ganz sanft und zärtlich. Sie streichen warm über meinen Mund, zeigen mir, wie wahr seine Worte sind. Und wenn es einen Moment gibt, in dem für mich alles aufhören soll, dann doch dieser hier.

Aber jetzt lösen sich seine Lippen auch schon wieder. Er streicht mir die Haare aus dem Gesicht. »Wir müssen los.«

»Ja.«

Es ist höchste Zeit. Ich spüre, wie die Dunkelheit nach mir greift.

Ich drehe meinen Kopf nach vorn, lasse mich matt gegen Noel sinken. Er ergreift die Zügel, und Ginger beginnt vorwärtszulaufen. Die rhythmischen Bewegungen haben etwas Einschläferndes. Machen mich schon wieder so müde.

Ich merke noch, wie Ginger vom Trab in den Galopp wechselt, nachdem wir den verborgenen Durchgang passiert haben. Mehr nicht mehr.

19

Favilla. Krankenstation.

Ich öffne die Augen.
Starre in ein unruhiges Düster. Blinzele.
Ich drehe den Kopf.
Da sitzt jemand. Ich blinzele noch mal, langsam löst sich das schwummrige Gefühl in meinem Schädel, und ich kann alles besser erkennen.

Das Licht der Fackeln bewegt sich über Estelles helles Gesicht. Sie hat die roten Haare nach hinten zu einem Zopf gebunden. Ihre Haltung auf dem Steinquader neben mir ist unheimlich gerade, sie lächelt mich an. »Du bist wach«, sagt sie.

Ich nicke und will mich aufsetzen – sofort dringt ein scharfes Ziehen durch meinen Oberarm. Mit zusammengebissenen Zähnen lasse ich mich wieder nach unten rutschen, starre auf einen frischen Verband. Durch den Stoff ist dick aufgetragene Gelbpaste zu erkennen. Ich habe frische, leichte Leinenkleidung an, irgendetwas meldet sich in meinem Kopf, an etwas müsste ich denken, aber ich komme nicht drauf.

»Komm, ich helfe dir hoch.« Estelle stützt mich an Rücken

und Hüfte, sodass ich mich aufrecht gegen das kleine Brett am Kopfende des Bettes lehnen kann. »Möchtest du etwas trinken?«

»Ja«, krächze ich, meine Kehle ist so trocken wie ein verdorrtes Flussbett.

Estelle reicht mir einen Trinkschlauch, und ich kippe das kühle Wasser nur so in mich hinein, bis das Ding leer ist. »Danke.« Ich wische mir den Mund ab. »Das hat gutgetan.«

Estelle nimmt den Trinkschlauch wieder zurück, steht auf und verschwindet nach hinten. Die Krankenstation kommt mir viel, viel kleiner vor als sonst. Die Wände eng, die Decke niedrig. Und selbst der große Tisch, der voll ist von Jons medizinischen Geräten, wirkt auf mich wie ein schmales Abstellpult.

Estelle kommt mit einem Teller voll angekokelter Höhlenkäfer zurück und stellt ihn neben mein Bett. »Benjamin wünscht gute Besserung.«

Erst jetzt merke ich, wie flau sich mein Magen anfühlt. Ich greife schnell nach einem der Käfer. »Wie lange war ich weg?«

»Seit du wieder hier in Favilla bist, zwei ganze Tage. Wir haben uns wirklich Sorgen um dich gemacht.«

Estelle zögert. Sie sieht zu Boden, und eine rote Locke fällt ihr vors Gesicht, die sie nervös wieder nach hinten wischt. »Die Zelle war in den letzten Tagen leer ohne dich. Ich habe dich vermisst.« Sie macht eine Pause, ich will etwas sagen, aber da redet sie schon weiter: »Ich habe dich echt vermisst. Selbst unser wütendes Schweigen wäre mir plötzlich lieb gewesen. Ich ... ich habe mich unmöglich benommen und dich verletzt.

Ich wollte so sehr hier weg – egal, wie. Es tut mir leid.« Sie streicht mir flüchtig über den gesunden Arm.

Ich schweige. Genieße den Nachhall ihrer Worte.

Dann greife ich nach ihrer Hand. »Schon gut. Ich glaube, wir waren beide nicht so nett zueinander in der letzten Zeit.«

Jetzt müssen wir lächeln, und Estelle schüttelt den Kopf. »Das nächste Mal sollten wir uns das vielleicht überlegen, bevor jemand zu einer lebensgefährlichen Mission aufbricht.«

Ich schnaube und nicke. Kurz ist es nun ganz still. Estelle sieht wieder zu Boden. Ich spüre, dass sie noch nicht fertig ist. Eine plötzliche Unruhe erfasst mich.

»Da ist noch etwas, Sam.« Sie greift unter ihr Gewand und zieht ein Pergament mit einem großen, roten Siegel hervor. In meiner Brust verkrampft es sich. Ich starre auf das Schriftstück in ihren Händen. *Die Magie der Feuerwende.* Ich schlucke. Weiß nicht, was ich sagen soll.

»Keine Angst.« Estelle lässt es eilig wieder unter ihrem Gewand verschwinden. »Niemand weiß davon. Ich sage es auch keinem, versprochen.«

Ich schließe kurz die Augen und atme erleichtert aus. »Danke.« Ich sehe mich unwillkürlich im Raum um, prüfe selbst die Schatten in den leeren Senkgräbern. »Und du bist dir ganz sicher, dass es niemand gesehen haben könnte?«

»Ja. Ganz sicher. Nachdem du hierhergebracht wurdest, habe ich dir direkt nach einer kurzen Erstversorgung durch Jon die Klamotten ausgezogen und dich in neue gesteckt. Ohne andere Leute im Raum. Ich dachte, es wäre dir vielleicht lieber, wenn ich es tue, als wenn Jon das macht. Oder Noel.« Sie grinst anzüglich. »Jedenfalls in dieser Situation.«

»Halt die Klappe.« Ich grinse ebenfalls und schubse sie leicht mit der linken Hand. Dann werde ich ernster. »Wie geht es ihm?«

»Gut. Aber er macht sich Sorgen«, sagt Estelle. »Jon hat uns Zirkler eigentlich eingeteilt, abwechselnd auf dich aufzupassen. Er wollte, dass du ein vertrautes Gesicht siehst, falls du im Fieber aufwachst. Wir mussten Noel davon abhalten, jede einzelne Schicht zu übernehmen.«

Ich lächele. »Alles andere hätte mich auch gewundert.«

In diesem Moment schiebt sich die Tür auf. Und im ersten Augenblick bin ich enttäuscht, als ich Melvins breites Grinsen sehe. Obwohl ich mich natürlich freue, ihn zu sehen.

»Habe ich da etwa zwei zarte Feenstimmen gehört?« Melvin schiebt sich ganz durch die Tür. Er kommt mit großen Schritten und schwingenden Armen auf mich zugestapft. »Ich wusste, so ein blöder Köterbiss würde dich nicht unterkriegen.«

Er bleibt vor mir stehen. Seine blonden Haare sind durcheinander, jetzt wuschelt er mir durch meine. »Hab mich hier im Schwertkampf schon echt gelangweilt mit den ganzen Amateuren.«

»Na, dann weißt du jetzt ja endlich, wie ich mich beim Kampf gegen dich fühle«, sage ich und lächele. Plötzlich fühle ich mich richtig gut. Es ist seltsam, aber mir kommt es vor, als wäre ich nach Hause gekommen. Und dass ich so was mal über diesen Ort voller Knochen und Misstrauen denken würde, hätte ich nie im Leben erwartet.

Vor allem, weil ich jetzt noch etwas vor mir habe, das alles hier für mich ändern könnte …

»Na gut.« Estelle drückt noch einmal meine Hand. Dann

steht sie auf und geht zur Tür, während Melvin es sich neben meinem Bett bequem macht, sich einen der Höhlenkäfer schnappt und mit gerümpfter Nase den schwarz verkohlten Bauch begutachtet.

»Ich sage Noel Bescheid, dass es dir gut geht«, sagt sie.

»Mach das«, sage ich, und ich spüre das Blut in meinen Wangen. Ignoriere Melvins dämliches Grinsen, als er vielsagend die Augenbrauen hoch und runter bewegt.

Noch am Abend desselben Tages stehe ich in der Verhörzelle. Ich bin ein bisschen wacklig auf den Beinen, aber Jon war es wichtig, dass ich dabei bin. Mir auch, das weiß er nur noch nicht. Die Schatten der Flammen huschen über das ausgedörrte Gesicht des Wissenschaftlers, der an seinen Stuhl gefesselt ist. Ich habe hier heute etwas zu erledigen.

Noel steht vor dem Tisch mit den Folterwerkzeugen. Sein Blick ist erst aufmerksam auf den Wissenschaftler, dann wieder auf Jon gerichtet. Aber ab und zu sieht er mit funkelnden Augen zu mir herüber, und ein kaum wahrnehmbares Lächeln spielt um seine Lippen.

Er konnte mich nicht mehr am Krankenbett besuchen. Jon hatte ihn für irgendwelche wichtigen Aufgaben eingespannt, was ich komisch finde, aber na gut.

Ich versuche, ihm auch zuzulächeln. Und eigentlich würde ich mich mindestens genauso auf den Moment nach diesem Verhör freuen, wie er es vielleicht tut. Aber nur eigentlich. Die Pergamentrolle unter meinem Umhang raschelt leise.

»Ich schätze, du kennst Sam noch.« Jon steht in der Mitte des Raumes und fixiert den Wissenschaftler. Der hat den unförmigen Schädel schief gelegt und wirft mir einen interessierten, erwartungsvollen Blick zu. Seine dünnen Hände liegen in seinem Schoß gefaltet.

»Sam ist eine meiner besten Rekrutinnen«, spricht Jon weiter. »Ich habe sie zur Bibliothek geschickt. Sie hat sich auf dem Weg eine Blutvergiftung zugezogen, und beinahe wäre alle Hilfe zu spät für sie gekommen. Möchtest du wissen, warum ihr beinahe die Zeit fehlte, rechtzeitig wieder hier zu sein, um sich behandeln zu lassen?« Jon lächelt freudlos.

»Du hattest in deiner Beschreibung der Bibliothek offenbar *vergessen*, dass in dem Talkessel eine ganz bestimmte Art von Wächtern auf uns wartet.« Er macht einen Schritt auf den Wissenschaftler zu und streckt den Kopf vor. »Die beiden wurden in die Bibliothek getrieben und waren dort eingeschlossen. Das hätte Sam fast das Leben gekostet. Nur eine plötzlich auftauchende Nebelbank ermöglichte ihnen die Flucht. Und nicht nur das, in der Bibliothek hat einer der Greife eine solche Verwüstung angerichtet, dass der Brennende König garantiert davon erfahren wird. Er wird sofort wissen, dass seine Bibliothek nicht mehr so geheim ist wie gedacht.«

Noel nickt mir kurz zu. Ich möchte ein stummes *Danke* mit den Lippen formen, lasse es dann aber und konzentriere mich wieder auf Jon.

»Du kannst dir vorstellen, dass ich etwas verärgert bin«, sagt Jonathan nun zu dem Mann ohne Zunge. »Du bist dir sicher im Klaren darüber, welche Konsequenzen das nun nach sich ziehen müsste.« Er macht eine Pause.

Der Wissenschaftler wirkt unbeeindruckt. Desinteressiert schaut er auf seine zusammengefalteten Spinnenhände.

Jon wirft einen Blick zwischen mir und Noel hin und her, einen irgendwie eigenartigen Blick, aber ich kann nicht weiter darüber nachdenken: »Sam«, sagt er. »Noel hat mir auch schon eine Einschätzung gegeben, aber was denkst du: Hat der Wissenschaftler uns nun eher vorangebracht, oder sind wir durch unseren Weg zur Bibliothek vielmehr in größerer Gefahr als zuvor?«

»Na ja …« Ich weiß, dass Jon auf etwas anderes hinauswill. Aber ich kann nicht mitspielen. Es muss jetzt sein. Mit zittrigen Fingern hole ich die Pergamentrolle unter dem Umhang hervor, doch den Blick des Wissenschaftlers erwidere ich fest und sicher. »Ich konnte es Noel nicht mehr sagen, er dachte, es sei verloren gegangen, aber wir haben ein Dokument gefunden, und ich konnte es bei mir tragen. Es ist vielleicht von großem Wert für uns.«

Jon kneift die Augen zusammen und tritt langsam auf mich zu. Er nimmt mir das Pergament aus der Hand. Seine Reaktion sehe ich nicht, auch nicht die von Noel, denn ich schaue noch immer dem Wissenschaftler in die Augen. Und jetzt verziehen sich seine rissigen Lippen zu einem hämischen Lächeln. Er schüttelt ganz leicht den Kopf, wohl um mir zu bedeuten, dass ich eine närrische Dummheit begangen habe.

Dann greift er nach der Schreibfeder und tunkt sie in das Tintenfläschchen.

Mein Herz zittert. Aber ich werde ihm keine Chance geben. Seit ich mich dem Greifen gestellt habe, war mir klar, dass ich mich zu nichts mehr zwingen lassen werde. Vor allem nicht dazu, Noel zu hintergehen. Ich habe keine Angst vor dem

Mann ohne Zunge. Ich werde es Jon selbst sagen, und dann werden wir sehen, was passiert.

»Jon«, presse ich so laut hervor, dass es mich selbst erschreckt. Jon wohl auch. Denn er dreht sich ruckartig zu mir um – genau in dem Moment, in dem etwas mit einem Surren knapp an ihm vorbei durch den Raum zischt und mit einem plockenden Geräusch im Hals des Wissenschaftlers landet. Ein dunkler, schmaler Keil, der da wie eine abgebrochene Kralle aus seiner Kehle ragt.

Ein Armbrustbolzen.

»Runter«, schreit Noel, stürzt nach vorn und wirft Jon mit sich zu Boden. Ich reiße den Kopf nach rechts, starre auf den offenen Eingang, ein tiefschwarzes Viereck – jemand muss unbemerkt die Tür aufgestoßen haben. Schnell ducke ich mich und presse mich an die Wand, sodass ich aus der Schusslinie bin.

Noel und Jon kriechen hastig bis zu mir. Drücken sich neben mir mit dem Rücken an den Stein. Wir alle drei atmen schnell. Mein Herz zittert nicht mehr, es donnert wild gegen meine Brust. Was zum Henker passiert hier? Wer ... Ich kann keinen klaren Gedanken mehr fassen.

Alles, was ich jetzt wahrnehme, ist der Mann ohne Zunge, der nach dem Armbrustbolzen in seinem Hals greift. Röchelt. Hustet.

Dann kippt er leblos mit dem Kopf nach vorn und zerbricht den Federkiel auf dem Pult.

**Tritt ein in das Reich Lavis.
Ein Reich voller Schatten, voll Liebe und Verrat.**

Erhalte schon jetzt vorab einen ersten Eindruck von Vermisste Feinde, dem fünften Band der Erfolgsserie, und erfahre, ob Favilla dem Untergang entkommen kann …

NOEL

1

Favilla. Verhörzelle.

Blut sammelt sich in kleinen Kreisen auf der schwarzen Tinte. Der kahle Schädel des Wissenschaftlers zeigt anklagend zu uns, der Armbrustbolzen hat seinen Hals von vorne nach hinten aufgespießt. Durchschuss.

Jemand hat es auf uns abgesehen. Und er ist da draußen im Gang!

Ich halte mich weiter geduckt, habe mich schützend vor Jon und Sam positioniert, die sich ebenfalls an die Wand pressen. Ihr Atem geht schwer, ich kann ihre Anspannung förmlich spüren. Beinahe ungeduldig warte ich darauf, dass weitere Bolzen in den Raum schießen, aber nichts regt sich. Und plötzlich höre ich in den Gängen hämmernde Schritte. Er rennt weg!

Ich stoße mich mit den Händen von der Wand ab und reiße eine Blendlaterne aus der Wandnische, dann werfe ich einen letzten Blick über die Schulter.

Sam hat die Augen weit aufgerissen. Sie will aufspringen, doch mit einem festen Griff hält Jon sie am Oberarm zurück, gibt mir durch ein Nicken zu verstehen, dass es jetzt an mir ist. Schnell zieht er sein Schwert unter dem Umhang hervor und streckt es mir entgegen. Ich greife nach der schmalen Waffe und stürme los.

Ich bin wie geladen, jeder Muskel meines Körpers angespannt. *Ich darf ihn nicht entkommen lassen.*

Meine Schritte schlagen laut im Gang. Die Blendlaterne wackelt wild von einer Seite zur anderen und erzeugt ein zittriges Licht in der Dunkelheit vor mir. Und da – ein zweites Licht, der Angreifer!

Seine Fackel ist ein ganzes Stück entfernt, aber das wird mich nicht abhalten. Ich hole schnell auf, er scheint zu zögern, dort hinten sind mehrere Abzweigungen. Doch dann verschwindet er als schwarzer Schemen rechts um die Ecke.

Rechts – *er hat einen Fehler begangen.*

Ich kenne die Gänge. Ich kenne mein Favilla. Der Angreifer steckt in der Falle: Die Abzweigung, die er genommen hat, führt in eine Sackgasse.

Auf den letzten Schritten werde ich langsamer, das Blut rauscht in meinen Ohren.

Wem stehe ich gleich gegenüber? Einem Schüler? Einem Begrabenen? Irgendjemand ganz anderem, einem Anhänger des Königs?

Lautlos gehe ich in die Hocke und stelle die Blendlaterne ab, passe auf, dass sie keine blechernen Geräusche von sich gibt. Von jetzt an muss ich ohne Licht klarkommen.

Die Schritte des Angreifers sind verklungen. Hat er schon das Ende des Gangs erreicht?

Mit einer schnellen Drehung biege ich um die Ecke. Die Fackel dort vorne in der Schwärze bewegt sich nicht mehr. *Ich hab ihn.*

Mein Herzschlag pulsiert im ganzen Körper. Ich darf die Wände nicht streifen, denn sie sind hier bis zur Decke vollgestapelt mit Knochen. Wenn nur einer herunterfällt, bin ich entlarvt. *Oder weiß er schon längst, dass ich hinter ihm her bin?*

Ich schleiche auf das Licht zu. Es sind etwa zwanzig Schritte bis zum Ende des Gangs. Vielleicht hat er seine Armbrust längst gespannt, und ich laufe direkt hinein.

Mein Atem geht immer noch schnell. Mühsam unterdrücke ich jegliches Keuchen. Noch einen Fuß vor. Ich bin auf der Hälfte. Er wartet auf mich. Warum sollte er sonst noch verharren?

Ich bin dem Licht jetzt so nahe, dass ich erste Umrisse der Umgebung schemenhaft erkennen kann. Nur ist der Fackelschein viel zu niedrig. Er hält sie nicht in den Händen, sie muss auf dem Boden liegen. Er ...

Kleidung raschelt, ganz nah. Ich drehe meine gezückte Waffe nach rechts und links.

Mist.

Ein Schwert saust aus der Dunkelheit heran, instinktiv reiße ich Jons Waffe hoch, um zu parieren. Der Schlag vibriert in meinem ganzen Körper. Ich weiche ein Stück zurück, dresche mit dem Schwert von der Seite auf den Schatten, er blockt. Blitzschnell schießt seine Klinge von der anderen Seite wieder auf mich zu. In der Finsternis kann ich sie erst im letzten Augenblick erkennen. Ich werfe mich nach hinten gegen die Wand, Knochen bohren sich in meinen Rücken, poltern auf den Boden herunter. Ich keuche. Ich habe es hier eindeutig mit einem erfahrenen Kämpfer zu tun.

Schnell stoße ich mich wieder von der Wand ab, behalte sie

allerdings als Schutz im Rücken. Jons Schwert strecke ich vor mich. »Zeig dich!«, knirsche ich.

Da stürmt er wieder auf mich zu. Seine Schlagfolge ist schnell, ich kann gerade noch so das Schwert mit beiden Händen hochreißen, um zu parieren. Doch es ist viel schmaler als meine gewohnte Axt, es leistet viel weniger Widerstand. Der Schattenkämpfer drängt mich zurück.

Ich spüre die Kraft in meinem ganzen Körper, ich explodiere fast, weil ich weiß, dass ich diese Gestalt locker zu Boden werfen könnte, aber keine Lücke in seiner Deckung finde.

Ohne irgendeinen Laut von sich zu geben, drängt er mich immer weiter auf das Ende der Sackgasse zu. Schlag auf Schlag, ein einziges schrilles Klingen von Stahl in meinen Ohren. Nachrücken, Schlag. Dann eine schnelle Aufwärtsbewegung mit seiner Waffe, und es ist zu spät: Jons Schwert landet mit einem verurteilenden Klirren auf dem Boden. Ich mache einen Schritt zurück, pralle gegen die Steinwand. *Jetzt hat er mich.*

Gnadenlos setzt er die eiskalte Klinge direkt unter meinem Hals an. Das Metall schimmert im Schein der Flamme. Die Spitze kitzelt meinen Kehlkopf. Ich wage es nicht einmal, zu schlucken, und es fühlt sich an, als würde sich in meinem Körper alles zusammenquetschen, sodass die Luft, die ich einatme, nicht mal mehr meine Lungen erreicht.

Ich blinzle und erkenne eine dunkle Kutte. Die Kapuze hängt tief über dem Kopf des Schattenkämpfers, ich suche in der schwarzen Öffnung nach einem Gesicht. Ich will wenigstens wissen, *wer* mich tötet.

Aber da ist nichts, so als hätte jemand sein Gesicht ausradiert.

Der Kämpfer atmet aus, ich höre, wie die Luft laut durch seine Nase strömt. Irgendwie zittrig und angespannt.

Nichts passiert.

Er kickt mit dem Fuß Jons Schwert weiter von uns. Das kreischende Schürfen schmerzt in meinen Zähnen.

Und plötzlich kehrt er mir den Rücken zu. Ehe ich weiß, was da passiert, geht er davon. Er lässt mich einfach in der Sackgasse zurück, bis er irgendwann mit dem Dunkel verschmilzt, und es vollkommen still ist.

Er hatte nie vor, mich zu töten.

Welche Disziplinen hat das Brennende Turnier?

»*Und so muss ein würdiger Sohn, der einmal Vater des Volkes werden will, all dies in sich vereinen – Kraft, Weisheit und Wille. Vor allen Dingen aber muss er eines: Er muss dem Tod entgehen können, ohne ihn zu sehen. Er muss spüren, wo dieser lauert.*«

– aus der Turnieransprache des Herolds

Am Turnier teilnehmen müssen alle Söhne des Königs ab dem sechzehnten Jahresumlauf. Haben sie den fünfundzwanzigsten Jahresumlauf erreicht, ohne beim Turnier ums Leben gekommen zu sein, setzt der Brennende König sie als seine Vasallen ein. Sie haben dann allerdings keine Möglichkeit mehr auf die Thronfolge, falls der Brennende König verstirbt.

Die Thronfolge kann stets nur an einen jungen Königssohn gehen, der noch im Brennenden Turnier antritt. Welcher von ihnen in der Gunst des Brennenden Königs am weitesten oben steht, und im Falle seines Ablebens schlussendlich die Krone übernehmen würde, das weiß keiner außer der König selbst.

1. Disziplin: Kraft

Die Prinzen treten in einem Massenkampf gegeneinander an. Die Wahl der Waffe ist frei, Hämmer und ähnliche Hiebwaffen sind verboten. Ein Prinz darf unter keinen Umständen getötet oder irreparabel verwundet werden. Als besiegt gilt er, wenn er einen Treffer erleidet, der im echten Kampf tödlich wäre.

Neben den Prinzen kämpfen die »Raben« in der Massenschlacht. Gekennzeichnet sind sie durch ihre schwarzen Rüstungen und Schnabelhelme. Die Raben attackieren zu passiv kämpfende Prinzen. Raben dürfen getötet werden. Das hat allerdings keine Auswirkung auf die Punktzahl.

2. Disziplin: Weisheit

Die Prinzen treten auf Schachfeldern mit lebensgroßen Figuren gegeneinander an. Sie bewegen die hölzernen Soldaten selber, haben sie eine von ihnen berührt, so müssen sie auch mit dieser ziehen. Für jeden Zug bleiben nur wenige Momente Zeit.

Diese Disziplin funktioniert nach dem Ausscheidungsmodus. Wer verliert, ist ausgeschieden. Wer gewinnt, muss eine nächste Partie gegen einen anderen Sieger spielen. Dies geht so lange, bis nur noch ein Prinz im Spiel ist.

3. Disziplin: Wille

Die Prinzen werden in voller Plattenrüstung in kleine, eiserne Kammern gesetzt, die nach und nach immer weiter erhitzt werden. Sie halten die Hitze so lange aus, wie es ihnen möglich ist. Sie geben ab einem gewissen Punkt auf, oder die Ohnmacht packt sie.

In diesen drei Disziplinen werden je nach Platzierung Punkte vergeben.

Die Letzte Disziplin

Vor jedem Prinz wird eine Anzahl an Flakons mit verschiedenen Flüssigkeiten aufgestellt. Je mehr Punkte ein Prinz in den drei Disziplinen gesammelt hat, desto mehr Flakons erhält er. Nur in einem der gläsernen Flakons schlummert ein tödliches Gift. Der Prinz trinkt einen einzigen der Flakons. Ist es einer der wirkungslosen Tränke, bleibt er im Rennen um die Thronfolge. Wenn nicht ...

Interview mit Bernhard Hennen

© Bettina Blumenthal

BERNHARD HENNEN begleitet die Buchreihe »Kings & Fools« als Pate. Mit seiner langjährigen Erfahrung und seinem Fachwissen als einer der aktuell erfolgreichsten deutschen Fantasy-Autoren beantwortet er Natalie Matt und Silas Matthes Fragen zum Aufbau von Lavis, der mit unzähligen Details angereicherten, düsteren und phantastischen Welt in »Kings & Fools«. Er hilft bei Entscheidungen zu passenden mittelalterlichen Details, findet Lösungen für knifflige Plotprobleme und begleitet die Autoren aktiv im Schreibprozess. Aber nicht nur das, es gibt auch ganz praktische Tipps vom Meister der Fantasy: So trafen sich Bernhard Hennen, Natalie Matt und Silas Matthes beispielsweise, um gemeinsam Schwertkampf zu trainieren und die Kampfszenen in den ersten Bänden von »Kings & Fools« möglichst wirklichkeitsgetreu nachzustellen.

Lest hier ein exklusives Interview mit Bernhard Hennen, in dem er über »Kings & Fools« und seine Rolle als Pate der Reihe spricht.

Was ist in Ihren Augen das Besondere an »Kings & Fools«?
Es ist ein gelungener Genremix, der Elemente aus Fantasy und Mystery miteinander verbindet und frischen Wind in die phantastische Literatur bringt.

Was ist Ihre Lieblingsszene in »Vergessenes Wissen«?
Eindeutig der Augenblick, in dem Sam dem Greifen gegenübertritt. In dieser Szene bekennt sie sich endlich zu ihrer Herkunft und streift ihr Zögern und ihre Unsicherheit ab. Die Szene ist wunderbar dramatisch aufgebaut und was die Figurenentwicklung angeht einer der Höhepunkte der Serie.

Was hat Sie dazu bewogen, als Pate an der Buchreihe »Kings & Fools« mitzuwirken?
Es gab gleich zu Beginn des Projekts zwei Punkte, die mich überzeugt haben einzusteigen. Zum einen waren es die atmosphärisch dichten Leseproben von Natalie und Silas, zum anderen das Konzept für die Buchreihe. Kurze Bücher, die sich im Aufbau an den Strukturen moderner Fernsehserien orientieren, fand ich überaus interessant. Schnell vorangetriebene Geschichten sind für ein jugendliches Publikum, dessen Erwartungen an Stories mehr vom Fernsehen als von Leseerlebnissen geprägt sind, die richtige Antwort am Buchmarkt. Inwieweit all die Ideen, die hinter dem Projekt standen, dann auch umsetzbar waren, musste sich erst noch zeigen. Doch war das Konzept innovativ und vielversprechend, und es war spannend, sich auf etwas ganz Neues einzulassen.

Sie schreiben bereits seit Jahren sehr erfolgreich Fantasybücher. Welche Erfahrungswerte konnten Sie den beiden Autoren besonders mit auf den Weg geben?

Es ist mein Credo, dass Fantasy einem Autor nicht erlaubt, einfach wild drauflos zu formulieren. Um eine neue Welt überzeugend und lebendig zu gestalten, muss man sehr viel Planungsarbeit investieren. Es sind die Details, die im Kopf des Lesers einen Film ablaufen lassen und eine Fantasywelt unverwechselbar machen. Und diesen Details nähert man sich auf zwei Wegen, durch Recherche oder besser noch durch eigene Erfahrung, wo dies möglich ist. Man schreibt Reitszenen einfach anders, wenn man selbst Umgang mit Pferden hatte oder die Gefühle eines Kriegers am Abend vor der Schlacht, wenn man mit Soldaten gesprochen hat, die wirklich in die Schlacht ziehen mussten.

Wie haben Sie die Zusammenarbeit mit den beiden Autoren empfunden?

Oft als einen Blick zurück in meine eigene Vergangenheit. Es war schön, den beiden helfen zu können, aus Fehlern zu lernen, die ich einst begangen hatte. Besonders gut hat mir der kritische Respekt gefallen, mit dem sie mir begegnet sind. Oft haben sie sich meine Meinung zu einem Problem angehört, meine Ratschläge eingefordert und dann doch einen eigenen, neuen Weg erarbeitet. Ihren Weg. Immer wieder kam es vor, dass ich in bearbeiteten Szenen Sätze und Ideen gefunden habe, vor denen ich nur im Geiste den Hut ziehen konnte, denn ich hätte es nicht so gut geschrieben. Und darum ging es letztlich, den beiden ab und an ein wenig zu helfen, damit sie ihren eigenen Stil und ihre eigenen Geschichten vervollkommnen.

Ein Gruß an die Leser:
Seid auf der Hut, wenn ihr zu eurer Lesereise in die düsteren Gewölbe von Favilla aufbrecht. Fast alles ist anders, als es auf den ersten Blick scheint.

7 Fragen an Silas Matthes

Ginger oder Buntig?
☐ ☐ ☒ Nelson

Höhenangst oder Platzangst?
☒ ☐

Sonnenaufgang oder Sonnenuntergang?
☐ ☒

© Stefan Schröder

3 Sätze über Dich: *Ich bin Silas und wurde 1992 im schönen Hamburg geboren. Wenn ich nicht gerade studiere oder schreibe, verreise ich, spiele Handball, Beachvolleyball oder Klavier und genieße das Leben mit meinen Lieblingsmenschen. Ich glaube, dass Lachen zu den großartigsten Dingen auf dieser Welt gehört.*

Warum Oetinger34? *Ein ganz neues Imprint, das gezielt Debütanten sucht und in dessen Rücken ein Riese wie die Verlagsgruppe Friedrich Oetinger steht – na ja, habe ich mir gedacht, ich wäre ein ganz schöner Trottel, wenn ich es nicht mal versuchen würde.*

Was ist das Besondere an Deinem Text? *Oh, ich denk mal, das variiert von Leser zu Leser. Für mich sind es bei ›Kings & Fools‹ wahrscheinlich die erzählerischen Besonderheiten, die sich durch das Schreiben im Autorenteam und zum Beispiel durch die damit verbundenen Perspektivwechsel ergeben. Und die Atmosphäre der Bücher hat etwas ganz Eigenes, finde ich.*

Ein Gruß an Deine Leser: *Moin!*

7 Fragen an Natalie Matt

Ginger oder Buntig?
☒   ☐

Höhenangst oder Platzangst?
☒   ☐

Sonnenaufgang oder Sonnenuntergang?
☐   ☒

© BLACK DEER

3 Sätze über Dich: *Ich heiße Natalie, bin 1993 in Freudenstadt im Schwarzwald geboren und studiere Kulturwissenschaft. Ich liebe es, mich faszinieren zu lassen und von Begeisterungswellen völlig mitgerissen zu werden – bestenfalls andere dabei anzustecken. Ich glaube, das sind die schönsten Momente im Leben, immer die, bei denen es Dir durch und durch geht.*

Warum Oetinger34? *Mir gefällt es, so nah an der Zielgruppe zu sein, das direkte Feedback zeigt gleich, was ankommt und was nicht. Ein spannendes Konzept, das auf dem Buchmarkt heraussticht.*

Was ist das Besondere an Deinem Text? *Das sollt Ihr erst mal selbst herausfinden. Ich hoffe jedoch, die Lebendigkeit im Text springt auf Euch über. Der Text soll leben, durch die Nähe zu den Figuren und die ganz eigene Atmosphäre.*

Ein Gruß an Deine Leser: *Ich hoffe, Ihr habt beim Lesen genauso viel Spaß, wie ich es beim Schreiben hatte.*

Fantasy meets Mystery

Begleitet von Bestsellerautor Bernhard Hennen

Natalie Matt · Silas Matthes
**Kings & Fools.
Verdammtes Königreich**
ISBN 978-3-95882-069-2

Natalie Matt · Silas Matthes
**Kings & Fools.
Verstörende Träume**
ISBN 978-3-95882-070-8

Natalie Matt · Silas Matthes
**Kings & Fools.
Verfluchte Gräber**
ISBN 978-3-95882-071-5

Ein teuflischer König. Ein Reich voller Schatten. Ein unterirdisches Internat. Tritt ein in eine Welt, in der das falsche Wissen tödlich ist.

Kings & Fools featured by Bestsellerautor Bernhard Hennen: »Überraschend, modern, intensiv. Was für ein Fantasy-Debüt!«

Erschaffe die Welt von Kings & Fools:
#kingsandfools
www.kingsandfools.de

www.oetinger34.de/buch

Bist du bereit für die düstere Welt von Favilla?

Begleitet von Bestsellerautor Bernhard Hennen

Natalie Matt · Silas Matthes
**Kings & Fools.
Vergessenes Wissen**
ISBN 978-3-95882-072-2

Natalie Matt · Silas Matthes
**Kings & Fools.
Vermisste Feinde**
ISBN 978-3-95882-073-9

Natalie Matt · Silas Matthes
**Kings & Fools.
Verbotene Mission**
ISBN 978-3-95882-074-6

Weitere Geheimnisse warten auf Lucas und die anderen Internatsschüler. Doch wem können sie trauen? Und welches perfide Spiel treibt der Brennende König? Lucas, Noel, Estelle und Sam wissen: Nur wer den Kampf sucht, kann am Ende siegen.

Epischer als *Game of Thrones*. Ein Reich voller Schatten, voll Liebe und Verrat.

Erschaffe die Welt von Kings & Fools:
#kingsandfools
www.kingsandfools.de

www.oetinger34.de/buch

Möchtest Du endlich genau die Bücher veröffentlicht sehen, die Du schon immer lesen wolltest? Möchtest Du dabei sein, wenn der nächste große Bestseller geschrieben wird? Willst Du vor allen anderen die spannendsten, kreativsten, überraschendsten Geschichten entdecken? Deine Meinung ist gefragt!

Bei uns tauschen sich Autoren und Illustratoren mit ihren Juniorlektoren und Lesern aus. Und Du bist mittendrin und erlebst hautnah, wie die Bücher der Zukunft entstehen.

Oetinger34 trägt die Hausnummer des Verlags im Namen, weil Du Dich bei uns zu Hause fühlen sollst. Egal, wo Du gerade bist: Logg Dich ein und sei dabei!

Werde Teil einer einzigartigen Kreativ-Community. Schreib mit uns Geschichte!

„Gute Ideen, ganz pur, manchmal ausgefallen und zum Mitreden. Unbedingt lesenswert."
(Hermine Vulturius, Leserin Oetinger34)

„Manchmal habe ich das Gefühl, als hätte ich eine Abkürzung genommen"
(Silas Matthes, Autor Oetinger34)

„Gibt allen Kreativen die Chance, ihre Fähigkeiten zu zeigen und zu entwickeln."
(Billy Bock, Illustratorin Oetinger34)

www.oetinger34.de/buch